MOLTO RUMORE PER UN OMICIDIO

I MISTERI DELLA LIBERIA NEVERMORE, BOOK 7

STEFFANIE HOLMES

ISCRIVITI ALLA NEWSLETTER PER RICEVERE AGGIORNAMENTI

Vuoi una scena bonus gratuita dal punto di vista di Quoth e le regole del negozio di Heathcliff? Se ti iscrivi alla newsletter di Steffanie Holmes riceverai una copia gratuita di *Cabinet of Curiosities:* un compendio di racconti e scene bonus di Steffanie Holmes.

http://www.steffanieholmes.com/newsletteritalian

Ogni settimana, nella mia newsletter, parlo di vere e proprie infestazioni, strani avvenimenti, rovine fatiscenti e fatti inquietanti che ispirano le mie storie. Con la newsletter riceverai anche scene bonus e aggiornamenti esclusivi. Adoro parlare con i miei lettori, quindi unisciti a noi per un po' di spettrale divertimento:)

MOLTO RUMORE PER UN OMICIDIO

In amore e omicidio, tutto è lecito.

Il Festival shakespeariano è arrivato in città e tutta Argleton impazzisce per il bardo. Mina è entusiasta del fatto che la Nevermore è la libreria ufficiale del Festival, ma una libreria rivale apre dall'altra parte della strada e le intralcia i piani.

Quando il proprietario della nuova libreria viene trovato morto, ammazzato con il suo First Folio, Mina e Quoth sono decisi a mettere il naso (e il becco) nella questione, per cercare di risolvere il caso. Ma con un vero folletto shakespeariano in giro per il villaggio, e Morrie deciso a lanciare maledizioni su una delle recite, Mina e i suoi uomini hanno il loro bel da fare.

Con l'aiuto di un molestissimo Puck, e assolutamente *non aiutati* dall'ultimo business della madre di Mina, riusciranno a risolvere il crimine e a salvare il Festival, o questo sarà l'ultimo sipario a calare sulla Libreria Nevermore?

I misteri della Libreria Nevermore sono ciò che si ottiene

quando tutti i nostri amori letterari prendono vita. Unitevi a un cupo antieroe, a un maestro del crimine, a un corvo impertinente e a un'eroina con un cuore grande (e una collezione di libri ancora più grande) in questa appassionante serie di gialli paranormali reverse harem dell'autrice di bestseller *USA Today* Steffanie Holmes.

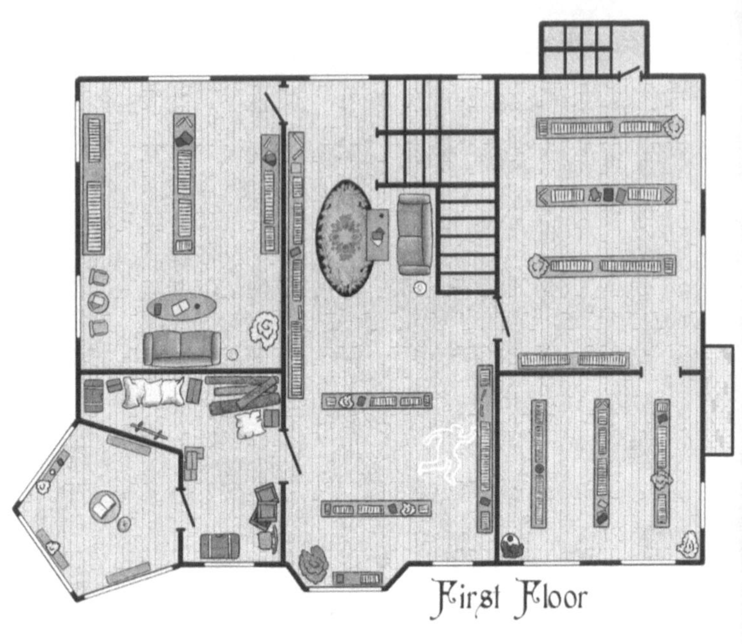

First Floor

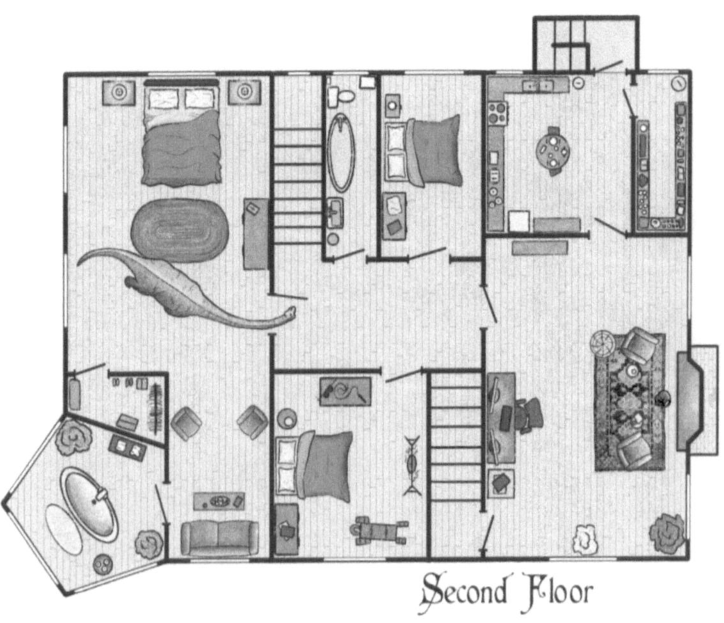

Second Floor

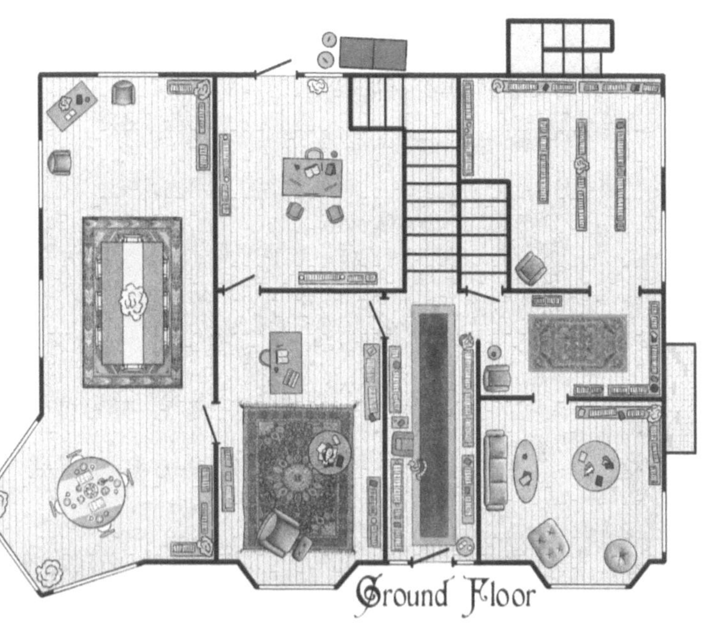

Ground Floor

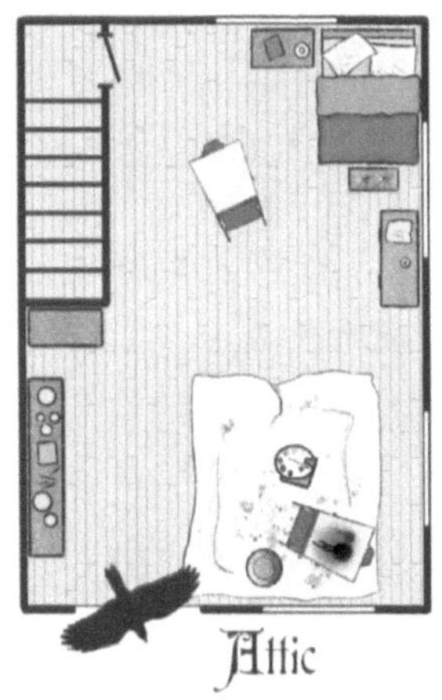

Attic

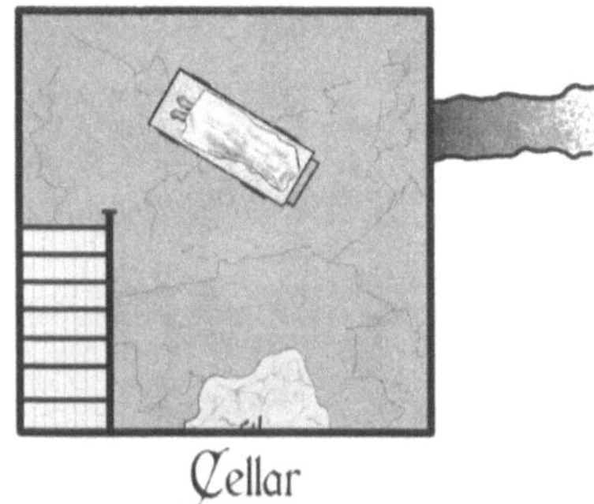

Cellar

A tutti i miei amanti del mondo dei libri
che mi tengono sveglia la notte.

Spegniti, spegniti, breve candela!

La vita è solo un'ombra che cammina,

Un povero attore che si atteggia e dimena sopra un palcoscenico per il tempo assegnato alla sua parte, e poi di lui nessun più nulla udrà:

È un racconto narrato da un idiota, pieno di grida, strepiti, furori, che non ha alcun significato!

– Shakespeare, *Macbeth*.

I

«Giullari,» commentò Morrie con un sorriso. «Sicuramente dei giullari.»

«E folletti.» Sorrisi quando entrammo nel parco della città, diretti al Rose & Wimple, illuminato a giorno. «E un pugnale insanguinato. E pensi che potremmo fargli indossare una camicia con volant?»

«Bau!» anche Oscar disse la sua.

Heathcliff fece una smorfia spazientita. «Il mio regno per un cavallo che mi calpesti a morte in questo momento.»

«Forza, Sultano di Culocheprude.» Morrie si chinò e diede un pizzicotto sul sedere a Heathcliff. «Fatti riempire di volant da Mina e poi io ti faccio quella cosa che ti piace tanto, con la spatola e il geranio...»

«Lalalalala, non ti sento.» Quoth si coprì le orecchie con le mani.

«Scherzavo, per quanto riguarda i volant. Però dobbiamo pure *bardare* un po' la Nevermore. La prossima settimana inizia l'annuale Festival shakespeariano di Argleton e la città sarà piena di persone che verranno in visita alla libreria. Dobbiamo entrare nello spirito giusto, altrimenti perderemo potenziali clienti.» Mi inginocchiai a terra, davanti a Heathcliff, a mani giunte. «Ti prego! Solo una piccola esposizione di libri e un cappello da giullare in vetrina...»

Heathcliff si infervorò. «Per citare Amleto, atto III, scena 3, riga 87: "No".»

«Bau, bau!» Oscar ammonì Heathcliff.

«Siamo comproprietari,» osservai io. «Questo significa che non puoi impuntarti e stabilire tu le regole. Se voglio addobbare il negozio, lo farò. Quindi, o mi segui o... tagliategli la testa!»

Quando capii che Heathcliff non mi stava più ascoltando, smisi di parlare. Si era bloccato di botto in mezzo al parco, con la bocca aperta per lo shock.

«Ahia.» Quoth lo tamponò. «Perché questo ingorgo? Andiamo al pub, così non dovrò stare a sentire altro sugli usi impropri dei gerani.»

«Heathcliff?» Gli agitai una mano davanti agli occhi. Il più grande antieroe gotico di tutta la letteratura non batté ciglio. Il suo sguardo inquietante era concentrato su qualcosa in lontananza, qualcosa che non riuscivo a vedere.

«Sapevo che sarebbe successo,» gemette Morrie in tono teatrale, appoggiando la mano sulla fronte di Heathcliff. «Tutta quella rabbia repressa gli ha mandato in tilt le cellule cerebrali. Ha perso le rotelle. L'abbiamo perduto. La ruota gira, ma il criceto è morto.»

«Ma che cazzo è quello?» ringhiò Heathcliff rivolto all'oscurità.

«Che cazzo è cosa?» Morrie si guardò intorno, ma non sembrò accorgersi di ciò che aveva messo in crisi Heathcliff.

«*Quello*.» Heathcliff puntò un dito verso il prato. «Che cazzo è *quello*?»

Mi voltai per guardare, ma ovviamente non servì a nulla, perché la mia vista non arrivava oltre il parco. Quoth mi strinse la mano. «Il vecchio negozio di fiori ha dei nuovi proprietari,» disse. «Sembra che stiano per aprire una libreria.»

Una libreria?

Il mio primo pensiero fu di eccitazione. Adoravo le librerie. Le avevo sempre amate fin da quando ero bambina e la mamma mi lasciava a leggere in un angolo buio della Nevermore per ore mentre lei si dedicava ai suoi vari business. Ma poi mi ricordai che ora ero la co-proprietaria dell'*unica* libreria di Argleton, che già faticava a pagare le bollette con tutta quella gente che faceva acquisti online sul Negozio-che-non-si-deve-nominare. Un concorrente dietro l'angolo, con una posizione privilegiata proprio sul parco, poteva essere un disastro per la Nevermore.

Cercai di arginare la mia preoccupazione. «Diamo un'occhiata, prima di giudicare.» Afferrai Heathcliff per un braccio e diedi ordine a Oscar di accompagnarci al nuovo negozio. Secondo Sun Tzu bisogna conoscere il proprio nemico, ed era esattamente ciò che avremmo fatto.

Le luci all'interno del negozio erano spente, così dalla vetrina non vedevo nulla. Morrie mise le mani a coppa sul vetro per scrutare le oscure profondità. «È una libreria antiquaria. Vedo scaffali di vecchi volumi impolverati in ceste di velluto, con prezzi che arrivano anche alle *migliaia*. Questo burlone non durerà una settimana in un paesino in cui la gente pensa che *Il buio oltre la siepe* sia una guida per giardinieri.»

«Ehi, salve!»

Morrie fece un salto. Oscar abbaiò a un uomo che era sbucato dalla porta. La luce del lampione gli illuminava il viso, mettendo in evidenza un naso brutalmente adunco, labbra sottili e zigomi paffutelli che sembravano essere stati pizzicati da una nonnina di troppo. Un paio di occhi scuri e penetranti ci guardavano divertiti, con uno sguardo che faceva pensare al terrificante volto in ombra del Conte Dracula. Non era un bel paragone, ma d'altronde era colpa sua se si aggirava in un negozio cupo.

«Bau!» lo salutò Oscar.

«E questo piccoletto, chi è?» L'uomo si chinò, tendendo la mano per accarezzare Oscar.

«È Oscar. Il mio cane guida,» risposi, e l'uomo ritirò la mano. Evidentemente, sapeva che non si doveva accarezzare un cane guida in servizio e questo mi fece piacere. «Oscar la stava solo salutando. Non volevamo disturbarla. Io sono Mina Wilde e loro sono Heathcliff Earnshaw, James Moriarty e... Allan Poe. Eravamo curiosi di vedere il negozio nuovo e le luci erano spente, così abbiamo pensato che non ci fosse nessuno dentro.»

«Non preoccupatevi, capisco,» replicò l'uomo ridacchiando. «Siete qui per conoscere la concorrenza. Io ho fatto esattamente la stessa cosa: la settimana scorsa sono stato nel vostro negozio, signorina Wilde. So chi siete, e quando dalla finestra del mio appartamento al piano di sopra ho visto che vi stavate dirigendo verso di me, sono corso giù a salutarvi.»

«Aspetti, sta dicendo che...»

«Devo dire che voi avete una politica curiosa in fatto di servizio al cliente. Ho chiesto informazioni sulla prima edizione dell'*Ulisse* che avete pubblicizzato sul vostro sito web e il signor Heathcliff mi ha detto che se volevo qualcosa di sostanzioso dovevo andare in pasticceria e mangiarmi una delle loro cheesecake. E mentre uscivo dalla porta, il corvo del vostro negozio mi ha defecato sulla spalla, rovinandomi una giacca Gieves & Hawkes in perfetto stato.»

Gieves and Hawkes. Il sarto di Savile Row che ha il mandato reale per vestire la Regina e il Principe di Galles. O è un uomo molto ricco, oppure è molto pieno di sé. O entrambe le cose.

«Ora mi ricordo di te,» ringhiò Heathcliff. «Sei quel viscido idiota così pieno di sé che non si è neanche scusato con Grimalkin per averle pestato la coda. Per quanto mi riguarda, quel che è giusto è giusto. E confermo la mia precedente affermazione. Stavo cercando di evitarti un mal di testa da lettura: leggere *l'Ulisse* è come fare sesso non protetto; all'inizio è divertente, ma dopo quattro settimane non vedi l'ora di prenderti una pausa.»

Ottimo. Io speravo di instaurare un rapporto di amicizia con la concorrenza e invece... avevamo iniziato alla *grande.*

«Immagino che Grimalkin sia la deliziosa tentatrice nera che ieri sera mi ha infilato un topo decapitato nella buca delle lettere. Vi prego di porgerle le mie più sentite scuse se le ho fatto male. A volte sono *terribilmente* maldestro.» La voce dell'uomo grondava finta sincerità. «Mi chiamo Jasper Rasmussen. Mina, posso stringerle la mano?»

Gli tesi la mano, lui la prese e la strinse, con un po' troppa foga.

Ritiro la mia precedente osservazione. Quest'uomo è un cretino completo. Dirò a Grimalkin di lasciargli un regalo di benvenuto sul cuscino.

«Benvenuto ad Argleton, signor Rasmussen,» dissi impegnandomi con tutta me stessa a fingermi sincera. «Siamo felici di avere un altro libraio in paese. Quando aprirà il suo negozio? Ci assicureremo di raccomandare ai nostri clienti di dare un'occhiata alla sua merce.»

«L'inaugurazione sarà domani,» rispose lui con aria di boria. Sparì all'interno e tornò un attimo dopo con un volantino che consegnò a Morrie.

«Libreria Rasmussen: libri rari, di antiquariato e di alta letteratura,» lesse Morrie ad alta voce. «Specializzato in valutazioni, iscrizioni antiche e servizi di certificazione di autenticità per i collezionisti più esigenti.»

«Visto?» Rasmussen batté le mani. «Il vostro negozietto non ha nulla da temere da me. Dopo aver dato un'occhiata alla selezione dei vostri libri *più gettonati*, sono convinto che non ci ruberemo i clienti a vicenda.»

Aveva pronunciato *più gettonati* come fosse stata una parolaccia, il che mi fece saltare i nervi. Oscar ringhiò, strattonando il guinzaglio. Oscar era un ottimo giudice del carattere delle persone.

«Qui dice che siete la libreria ufficiale del Festival shakespeariano di Argleton,» commentò Morrie, con una nota di accusa nella voce. «Non è possibile. *Noi* siamo la libreria ufficiale del Festival. È stato deciso mesi fa. Abbiamo già tutte le scorte pronte.»

«Forse, ma io ho qualcosa di speciale che farà la gioia dei partecipanti al Festival,» affermò Rasmussen raggiante. «Esporrò un autentico First Folio di Shakespeare.»

Mi mancò il fiato. Il First Folio era una raccolta di trentasei opere di Shakespeare, pubblicate nel formato *folio* nel 1623, sette anni dopo la sua morte. (Avevo ripassato i miei studi sul Bardo!). Il First Folio era considerato uno dei libri più importanti di tutta la storia della letteratura ed era l'unica fonte ufficiale per circa venti delle opere di Shakespeare. Ne erano stati stampati circa settecentocinquanta esemplari ed era noto che ne esistevano ancora duecentotrentacinque, principalmente in collezioni private. Uno di questi era stato venduto di recente da Christie's per quasi dieci milioni di sterline.

E Rasmussen ne avrebbe esposto uno ad Argleton durante il Festival shakespeariano.

Come avrebbe mai potuto competere, la libreria Nevermore?

2

«È un depravato, un maledettissimo caprone di montagna.» Heathcliff sbatté sul tavolo la sua pinta vuota e ne prese una seconda. «Un lord dalla mente annacquata, che non ha più cervello in testa di quanto io ne abbia nei gomiti. Il suo comprendonio è duro come la mostarda di Tewkesbury.»

«Ottima battuta,» esclamò Morrie raggiante. «Davvero roba di prima qualità.»

«Quoth mi ha procurato un libro di insulti shakespeariani,» spiegò Heathcliff battendosi il petto. «Ho ampliato il mio repertorio.»

Mi voltai verso Quoth, che sedeva al tavolo accanto a me, e appoggiai una mano sulla sua. Da quando era caduto sotto l'incantesimo di Dracula e aveva, suo malgrado, aiutato il Conte a scegliere le sue ultime vittime, ci aveva fatto delle piccole gentilezze. Puliva l'appartamento fino a farlo brillare, ci portava dei regalini e ci sorprendeva con pasti cucinati in casa, carezze e parole poetiche. Quoth era già un vero tesoro: pensava sempre agli altri prima che a se stesso. Però quel nuovo fervore alla ricerca di affetto sapeva tanto di disperazione, come se avesse una lista cosmica da spuntare prima di poter ricevere l'assoluzione per i suoi peccati.

Odiavo quella cosa. Odiavo che soffrisse di nuovo, dopo tutto quello che aveva già passato. Odiavo il fatto che si prendesse ogni colpa e che nulla di ciò che dicevo o facevo riuscisse a convincerlo che il colpevole era *Dracula*, non lui.

Avrei voluto prendere Quoth da parte e parlargli di tutto ciò, ma ora, con Jasper Rasmussen e il suo First Folio in città, dovevamo concentrarci ed escogitare una strategia.

«Che palle.» Mi presi la testa tra le mani. «Per quanto ci impegniamo, non riusciremo mai a superare un First Folio autentico.»

«Nemmeno se mi mettete tutti i volant del mondo,» disse Heathcliff burbero. Da sotto il tavolo, mi sfregò un piede con il suo.

«Non servirà a nulla. La gente invaderà il negozio di Rasmussen e si dimenticherà di noi. Perderemo tutto ciò che abbiamo costruito con il passaparola. E poi, a lui nemmeno piace, questo villaggio. Avete sentito cosa ha detto dei nostri libri *più gettonati*. Pensa che ad Argleton siano tutti dei bifolchi analfabeti.»

«*Noi* pensiamo che siano tutti dei bifolchi analfabeti,» sottolineò Heathcliff. «Poco fa, Morrie diceva che la gente di questo villaggio pensa che *Il buio oltre la siepe* sia...»

«So cosa ha detto! Ma era solo una battuta, una battuta cordiale su persone a cui vogliamo bene. Noi possiamo permetterci di scherzare perché facciamo parte di questo villaggio da anni. Ma non può arrivare qui come se fosse una concessione dell'Altissimo al mondo dei libri, e pretendere di spadroneggiare. So che una sana concorrenza fa parte degli affari, ma noi siamo già in difficoltà e non sopporto l'idea di non essere più l'unica libreria del paese. E poi Heathcliff ha ragione: Rasmussen è un caprone di montagna.»

«Ha più capelli che ingegno,» aggiunse Heathcliff, con un sorriso malvagio. «E più difetti che capelli, e più ricchezza che difetti.»

«Esattamente. E poi, perché dice in giro che è la sua, la libreria ufficiale del Festival?»

«Deve essersi sbagliato,» intervenne Quoth. «La signora Ellis non ti venderebbe mai al nemico in questo modo.»

«L'uccellino ha ragione. È un errore e lo risolveremo subito.» Morrie fece un cenno a qualcuno oltre le mie spalle. «Signora Ellis, siamo qui!»

Un attimo dopo, una borsa di tessuto ricamato, che conoscevo, mi sfiorò la gamba e una mano calda e rugosa mi si posò sulla spalla. «Mina, ragazzi, che bello rivedervi.»

La mia vecchia insegnante di inglese si infilò nella sedia accanto a Quoth e mi strappò il bicchiere dalle dita. Aveva una mente (e una bocca) deliziosamente oscena, che la faceva finire sempre nei guai, ma era la nostra fonte numero uno per i pettegolezzi del villaggio. Di recente aveva rivelato di aver sempre saputo che Heathcliff, Morrie e Quoth erano personaggi di fantasia e ci aveva persino aiutato a sconfiggere Dracula e a tenere nascosti al resto del villaggio tutti gli avvenimenti soprannaturali. Inoltre, era a capo del comitato del Festival shakespeariano per il decimo anno consecutivo, quindi era proprio la persona di cui avevamo bisogno per risolvere la questione.

«Buonasera, signora Ellis. È particolarmente bella stasera,» disse Morrie con la voce più affascinante del mondo. «Le piacerebbe cenare con noi?»

«Oh, signor Moriarty lei è un vecchio volpone,» ribatté la signora Ellis con un grande sorriso, mentre sorseggiava il mio drink. «Mi piacerebbe molto accettare la vostra offerta, ma ho troppi preparativi per il Festival di cui occuparmi. Sono qui solo perché devo controllare che Richard abbia preparato tutto il cibo necessario per la serata di apertura.»

«Ottime notizie. Ci chiedevamo se avesse notato il nuovo negozio del villaggio, la Libreria Rasmussen...»

«Oh, sì.» La signora Ellis si agitò sulla sedia. «Non penso proprio che il paese sarà molto interessato ai suoi libri di lusso, ma credo che in giro ci siano sempre persone che hanno più soldi che buonsenso. È un tipo molto strano, se volete sapere come la penso.»

«Lo pensavamo anche noi. Il fatto è che sembra essere convinto del fatto che il suo negozio sia la libreria ufficiale del Festival shakespeariano. Ma non può essere vero.»

«Oh, diamine.» La signora Ellis finì il *mio* drink tutto in una volta. «Immagino di dovervene parlare.»

Non mi piaceva il tono della sua voce. Oscar si agitò ai miei piedi, percependo un cambiamento nell'aria.

«Parlarci di cosa, signora Ellis?»

Allungò la mano sul tavolo e strappò di mano a Heathcliff il suo drink. «Vedete, è solo che il signor Rasmussen si è offerto molto generosamente di esporre al Festival il suo First Folio e altri oggetti della sua rara collezione shakespeariana. E, ovviamente, si tratta di un'attrazione per il nostro piccolo villaggio. Richiamerà gente da chilometri di distanza. Ma ha posto la condizione di essere la libreria ufficiale.»

«Ma... ma siamo *noi* la libreria del Festival,» sbottai. «Ci stiamo preparando da mesi.»

«Lui vende antiquariato,» ringhiò Heathcliff. «Non ha la più pallida idea di come allestire le scorte per un evento come questo.»

«Ha detto che farà un'eccezione per il Festival,» replicò la signora Ellis. «Ha contatti con tutti i migliori librai di Londra e si è presentato con delle credenziali impeccabili, quindi il comitato non è preoccupato. Mi dispiace molto, Mina. Ho lottato per voi, ma quando ha tirato fuori il First Folio a tutti i membri della commissione sono venuti i lucciconi. Volevo dirvelo prima, ma sono stata sommersa dalle cose da fare per l'organizzazione. All'ultima riunione della Società delle Cacciatrici di Spiriti avevo detto a tua madre di informarti, ma credo che se ne sia dimenticata.»

Per una volta, non riuscivo a prendermela con mia madre per il disastro. Era talmente innamorata del suo nuovo fidanzato, Andy l'Aggiustino (il tuttofare del villaggio), che si era rivelata ancora più scombinata del solito. Mi piaceva vederla così felice, soprattutto perché il fatto che fosse innamorata significava che non passava per la Nevermore ogni santo giorno a cercare di proporre ai nostri ignari clienti il suo ultimo business per fare soldi a palate.

Feci un sospiro. «Va bene, signora Ellis. Grazie per avercelo fatto sapere.»

Oscar abbaiò sotto il tavolo. Mi avvicinai per calmarlo. *Non è da Oscar*. I cani guida erano addestrati a non abbaiare mentre lavoravano, a meno che non ci fosse un pericolo immediato.

Morrie si girò sulla sedia. «Bravo, Oscar. Il diavolo in persona. È appena entrato il signor Rasmussen. E chi sono quelli con lui?»

Vidi quattro sagome che prendevano posto a un tavolo vicino al bancone. Il naso adunco del signor Rasmussen spiccava lontano un miglio.

La signora Ellis si chinò sul tavolo, negli occhi il luccichio di chi sta tramando qualcosa. Anche se non era riuscita a dare a noi quel ruolo per il Festival, era pur sempre aggiornata sui pettegolezzi del villaggio. «Alla sua sinistra siede Shelley, la sua unica figlia. Vive in una roulotte nel parcheggio vicino alle case popolari. Il signor Rasmussen si è trasferito ad Argleton per stare più vicino a lei e a suo figlio Max. A destra c'è il signor Lawrence Delacroix, il suo apprendista. Va in giro per il Paese setacciando vecchie tenute e rigattieri alla ricerca di tesori, mentre la gestione del negozio è nelle mani di Rasmussen. Lo sta formando alla delicata arte del commercio di libri.»

«Ma quale delicata arte!» tuonò Heathcliff. «Si ordinano libri. I libri arrivano. Si vendono i libri. Si ordinano altri libri. Si fissa il vuoto del proprio conto in banca finché la propria anima non si avvizzisce e muore. Ecco come funziona il commercio dei libri.»

La signora Ellis lo ignorò, che era il modo migliore per trattare con Heathcliff quando era di quell'umore. «Mi piacerebbe continuare a chiacchierare, ma vedo Richard che sta scappando dal retro... ehiii, Ricky!» Si alzò di scatto dalla sedia e attraversò la stanza per inseguire il gestore del pub in fuga. «Dobbiamo parlare di quei mini Yorkshire pudding...»

Malinconica, fissai in silenzio il mio bicchiere vuoto. Senza dire nulla, Quoth fece scivolare il suo bicchiere sul tavolo e lo piazzò di fronte a me. Lo accettai, anche se sapevo che non avrei dovuto prendere l'abitudine di usare l'alcol per attutire i vari colpi emotivi. *Uno come Heathcliff basta e avanza, nella nostra famiglia.*

«Mi dispiace, Mina.» Quoth si avvicinò a me e appoggiò una guancia alla mia in quel suo modo così intimo che mi fece sciogliere il cuore. «So che eri entusiasta del Festival. Per fortuna abbiamo ancora il nostro lavoro nel backstage.»

«Potrebbe essere meglio così.» Heathcliff mise da parte il suo bicchiere vuoto e prese il terzo che aveva ordinato, mentre Morrie si alzava per andare al bar. «Almeno il negozio sarà beatamente libero da tutti quei "vossia" e "lorsignori".»

E anche da potenziali entrate, pensai.

Tutti quei volumi: centinaia e centinaia di opere teatrali, biografie e libri illustrati sul *Sogno di una notte di mezza estate*, e persino una serie di opere di Shakespeare raccontate sotto forma di messaggini; tutte le ore che avevo trascorso con

Zenzile Monroe al Museo shakespeariano di Argleton per trovare il mix perfetto tra testi accademici e cultura pop; tutti i soldi che avevamo speso per gli espositori per il tavolo e per un sistema per le vendite fuori sede su cui riuscissi a lavorare anche io...

«Ti sentirai meglio quando avrai affogato i tuoi dispiaceri.» Morrie tornò a sedersi, con quattro bicchieri stretti tra le lunghe dita. Mi spinse un altro G&T sotto il naso. «In Gran Bretagna facciamo così.»

«E per fortuna le scenografie e i costumi sono ancora affidati a noi,» aggiunse Quoth, con la voce piena di speranza.

Morrie sbuffò. «Sempre che Rasmussen non abbia rilevato anche quelle.»

«Perché a Rasmussen interessa questa manifestazione? Non sa che Shakespeare non è un intrattenimento esclusivo, solo per idioti elitari?» brontolai, sbattendo il bicchiere vuoto. «Shakespeare scriveva per i comuni mortali. Qualsiasi cosa può sembrare artistica e importante se presentata in un certo modo, ma Shakespeare dovrebbe essere cultura melodrammatica pop. Ecco perché il suo lavoro è durato nel tempo. La gente come Rasmussen mi fa arrabbiare: vogliono far credere che la letteratura classica sia una forma d'arte più profonda, che può essere compresa solo da pochi eletti, quando in realtà si tratta di opere piene di violenza splatter, effetti speciali e battute sulle scoregge.»

«Ecco la Mina che conosco e amo.» Heathcliff sbatté il bicchiere sul tavolo. Mi toccò un ginocchio con una mano, poi risalì lungo la coscia, mentre mi accarezzava le gambe con le dita.

«Dillo a tutti, bellezza.» Morrie alzò il pugno in aria.

Ormai ero in ballo. «Se il bardo fosse vivo oggi, penserebbe che questo Festival sia una cosa ridicola. Sarebbe come se nel futuro la gente studiasse il franchising di *Fast and Furious* in sessioni di dibattito accademico. Shakespeare si divertirebbe a farci soldi sopra e io non...»

«Rasmussen!» Una voce roboante risuonò nella stanza. «Dov'è il mio libro?»

La sfuriata nella quale mi ero imbarcata mi morì sulle labbra. Sull'intero pub cadde il silenzio. Ci girammo verso la voce. Quoth, che era bravissimo a descrivermi a bassa voce le cose che accadevano, sussurrò: «C'è un enorme tizio americano che sta attraversando il pub e si dirige verso il tavolo di Rasmussen. Indossa un abito bianco con una cravatta con la bandiera americana e un cappello da cowboy, e ha l'espressione di uno a cui hanno appena detto che il pub è diventato vegano.»

Mi coprii la bocca per nascondere una risatina. Di solito le descrizioni di Quoth erano estremamente azzeccate.

«Lo conosco. È Hiram Abernathy,» sussurrò Morrie. «È un barone del petrolio texano, nonché appassionato collezionista di vecchi e strambi libri snob.»

«Sembra arrabbiato,» sussurrai io, sorseggiando il mio drink. «Come fai a conoscerlo?»

«*Ma ti prego*.» Morrie rovesciò gli occhi, in un'espressione di incredulità. «È un *barone del petrolio texano*. Ti basterà sapere che nel corso degli anni, di tanto in tanto, ha avuto bisogno dei miei servizi non del tutto legali.»

Decisi che era meglio non indagare oltre. E poi, davanti ai nostri occhi si stava svolgendo una specie di tragedia che coinvolgeva il signor Rasmussen e io ero lì esattamente per quello.

«Ah, signor Abernathy.» Il signor Rasmussen si alzò e indicò una sedia vuota al suo tavolo. «Venga a sedersi con me. Vorrei presentarle mia figlia Shelley, e il mio socio, il signor Delacroix. Saremmo lieti se lei...»

«Smettila con tutte queste stupidaggini, Rasmussen. Ho tutte le intenzioni di riportare in America il mio First Folio e voglio sapere perché prima hai accettato la mia offerta perfettamente ragionevole e poi ti sei tirato indietro piantandomi in asso senza dirmi nemmeno mezza parola.»

«Signor Abernathy, come le ha spiegato il signor Delacroix, non avevamo mai accettato ufficialmente la sua offerta. In qualità di custodi della storia letteraria di questo Paese, abbiamo il dovere di garantire che il First Folio venga esposto al pubblico per tutta la durata del Festival shakespeariano. Dopodiché, sarò disposto a prendere in considerazione tutte le offerte, compresa la sua.»

Il signor Abernathy colpì il tavolo con un pugno così forte che il purè di piselli cadde a terra. «Dannazione, amico, ho bisogno di quel Folio *oggi*. Mia moglie Petunia è ossessionata da questo Shakesword...»

«...Shakespeare...» lo corresse il signor Rasmussen con un sospiro mesto.

«...E in questo momento sta arrivando in aereo. Se non lo avrò in tempo per il suo compleanno di domani, mi frusterà manco fossi un figlio bastardo.»

Dietro il bancone del bar, una donna gridò: «Vendere un documento storico così importante a quest'uomo sarà una farsa! Possiede già *sette* First Folio. Non gliene serve un altro. Al contrario, il Museo shakespeariano di Argleton sarebbe grato per una donazione così importante. Ne faremmo una scansione digitale per permettere a tutti di avere accesso alla meraviglia dell'opera di Shakespeare. Se il signor Rasmussen avesse davvero a cuore la storia letteraria di questo Paese, farebbe l'unica cosa giusta: donerebbe il First Folio al museo.»

«Questa la conosco,» dissi con un sorriso. «È Zenzile Monroe, chiamata Zen, curatrice del Museo shakespeariano di Argleton. Mi ha aiutato lei a scegliere i libri per il Festival.»

«Abbiamo un Museo shakespeariano?» Heathcliff sembrava scioccato.

«Oh sì, è quella casetta dietro l'ufficio postale.» Avevo visitato quel museo almeno una ventina di volte quando ero piccola, in occasione di varie uscite scolastiche, perché era l'unico assaggio di cultura dove si potesse arrivare a piedi. Si trattava di un'unica stanza contenente alcuni cartonati sul teatro elisabettiano e l'unico legame che esisteva tra Argleton e il Bardo: un'ingiunzione del magistrato al padre di Shakespeare affinché saldasse i suoi debiti nella contea, evitando di suscitare il dispiacere della Corona. Se si considerava quanto la Regina Elisabetta diventasse *decapitante* e *punitiva* quando si arrabbiava, si sarebbe detto che il padre di Shakespeare avesse pagato in fretta.

«Papà, è un'idea eccellente. Dovresti donare il Folio,» si udì la voce di Shelley Rasmussen. «Zen è l'esperta shakespeariana locale nonché una cara amica. Se ne prenderebbe cura lei e so che questo è importante per te. Fai la cosa giusta, per una volta, e regalale il libro.»

«Non sarebbe nemmeno necessario fare una donazione,» spiegò Zen. «Il museo ha un fondo per le nuove mostre. Abbiamo risparmiato quasi ventimila sterline, abbastanza per offrire una somma dignitosa per l'acquisto del libro.»

«Esatto.» Qualche mese prima avevo un barattolo di monete sul bancone per aiutare a raccogliere fondi per il museo, finché Heathcliff non aveva osservato che i bambini avrebbero potuto scambiare le monete per caramelle e così mi aveva costretta a sbarazzarmene.

Hiram Abernathy scoppiò in una risatina. «Cara, per quel libro io ho offerto a quest'uomo ben quindici milioni. Hai meno possibilità di quelle che ha una palla di neve di resistere all'inferno.»

«Ti prego, paparino.» Shelley gli tirò la manica. «Non vendere il libro a quest'uomo, che poi lo metterà sotto chiave. Max adora visitare quel museo e credo che per lui sarebbe meraviglioso poter raccontare in giro del dono di suo nonno al villaggio.»

«Zitta!» le disse brusco il signor Rasmussen. «Questi sono affari, mia cara. Tu non ne capisci nulla.»

«Mi sembra di intuire che un giorno sarò io a ereditare la tua attività, e so già che la gestirò in modo molto diverso.» Sbatté il pugno sul tavolo. Come se fosse stato un segnale convenuto, suo figlio iniziò a piangere. «Prima o poi dovrai prendermi sul serio. Speravo che avessi aperto il negozio in paese per potermi finalmente insegnare il tuo mestiere, invece ti sei portato dietro un apprendista che non si era mai visto prima. Ti fidi davvero così poco di me?»

«Non è una questione di fiducia, cara. Io e Lawrence lavoriamo insieme da quattro anni, ormai. Ha intessuto relazioni con i miei clienti, come il signor Abernathy qui presente, che non posso semplicemente ignorare...»

«Uaaaaahhhh.»

«È una truffa,» urlò Zen per farsi sentire sopra le grida del bambino. «Tu e quelli come te impedite agli studiosi l'accesso a preziosi documenti storici che potrebbero dirci molto sulla vita ai tempi di Shakespeare. Non è giusto...»

«In amore e in guerra tutto è lecito,» le rispose Hiram Abernathy. «Non è così che diceva il tuo amato bardo?»

«Shakespeare non l'ha mai detto. Visto?» La voce della donna si fece stridula, incattivita. «Non riconosce nemmeno l'opera del Bardo. A lui interessa solo possedere le cose. Vuole chiudere il First Folio dietro un vetro dove nessuno storico potrà studiarlo, solo per potersi autocompiacere della sua cultura e della sua raffinatezza, quando in realtà è uno sporco ladro che cerca di rubare qualcosa che dovrebbe appartenere a tutti...»

«Signora, lei è tutto cappello e niente bestiame.» Hiram si tolse il cappello. «Mi spiega perché dovrei...»

«Signore e signori, per favore.» Lawrence Delacroix si alzò

in piedi. Era un uomo dalla corporatura longilinea, tanto alto quanto Rasmussen era largo, con un viso aperto e gentile. «Non c'è motivo di litigare. Stiamo cercando di fare ciò che è meglio per tutti. Esporremo il libro proprio per permettere a chiunque di vederlo. Nessuno è un fan del Bardo più appassionato di me: al college ero un attore shakespeariano, sapete. Ho vinto un premio per il mio Tito Andronico. Ma dovete anche capire che siamo un'azienda, non un museo, e che abbiamo dei costi da coprire. Quando il Festival sarà finito, saremo lieti di vendere il First Folio... al miglior offerente.»

«Che sarò io, allora.» Hiram si batté il petto.

«Non c'è un detto dalle tue parti che dice: "Non dire gatto se non ce l'hai nel sacco"?» ribatté pronta Zenzile. «Potremmo avere ancora un asso nella manica.»

«Beh, ma come sei adorabile. Pensi di avere una possibilità? Mia moglie avrà questo libro, anche se dovrò arruffare qualche piuma o tirare qualche collo.» Hiram agitò un dito in direzione di Rasmussen. «Ti avverto, Rasmussen, non risvegliare più serpi di quelle che saprai uccidere»

Gli stivali di Hiram sbatterono rumorosamente sulle assi del pavimento mentre lui se ne andava infuriato.

«Non conosco i detti texani,» dissi ai ragazzi, il pub che riprendeva vita intorno a noi, «ma mi è sembrato piuttosto minaccioso.»

3

«Malefica tentatrice, mi avete punto,» gemette Puck.

«Scusa.» Gli infilai lo spillo nell'orlo dei pantaloni e ne presi un altro.

«Maledizione. L'avete fatto di nuovo.»

«Se non ti contorcessi così tanto, potrei riuscire a cucirti l'orlo dei pantaloni senza farti perdere un litro di sangue.»

«Bene. Sarò statuario.»

Puck mi fece una linguaccia e si mise in posa con una gamba di lato e le braccia alzate sopra la testa come una ballerina di danza classica. E rimase lì impalato, rifiutandosi di muoversi, per quanto cercassi di abbassargli le braccia per prendergli le misure del costume.

«Sembrerai tutto storto e la colpa sarà solo tua,» mormorai mentre gli prendevo l'orlo con un'angolazione assurda.

Quoth, che stava osservando la scena da un tavolo vicino sul quale stava dipingendo un albero di compensato, scomparve dietro il ponte levatoio di un castello scozzese. Un attimo dopo, ne emerse un corvo che volò dritto verso il viso di Puck, sbattendo le ali.

«Craaaa!» Quoth beccò le guance di Puck finché il folletto non ebbe altra scelta che respingerlo.

«Va bene, va bene, richiama quel tuo uccello rapace.» Puck si rannicchiò per sfuggire all'assalto di Quoth. «Mi comporterò bene, per ora.»

Eravamo nel backstage del Nuovo New Globe, una ricostruzione dello storico teatro elisabettiano nel quale erano state rappresentate per la prima volta le opere di Shakespeare. Solo che, invece di essere costruito in legno e paglia come il Globe originale, il Nuovo New Globe era costruito con modernissime impalcature d'acciaio ed era stato piazzato proprio in mezzo al campo da rugby della scuola media di Argleton per tutta la durata del Festival. Tre opere teatrali (*Macbeth, Sogno di una notte di mezza estate* e *Romeo e Giulietta*) sarebbero state messe in scena con attori locali. Una volta terminato il Festival, il teatro sarebbe andato in tournée in tutto il Paese, "spuntando" dal nulla in villaggi e città, per avvicinare la gente a Shakespeare e dare a tutti la possibilità di sperimentare la vita davanti e dietro il sipario. Era un'idea davvero divertente.

Il tutto era nato da un'intuizione dell'imprenditore locale Miles Shackleton, che aveva pensato di trasformare il festival teatrale che la nostra comunità organizzava ogni anno in una manifestazione più grande, più vistosa e, in genere, migliore. Aveva dimostrato di essere un uomo di genio quando aveva convinto la signora Ellis a dirigere il comitato del Festival. La signora Ellis mi aveva chiesto di occuparmi dei costumi per tutta la durata della rassegna e, nonostante fossi irrimediabilmente impegnata con il negozio, i tre uomini della mia vita e la gestione di mia madre e della sua follia, la stilista che viveva in me non aveva potuto rifiutare.

La mia vista era ridotta così male che spesso non riuscivo a vedere il colore di un capo d'abbigliamento a meno che non fossi sotto una luce molto intensa. Ma questo non significava che avessi perso il mio amore per la moda. Al contrario, avevo scoperto una passione per i tessuti, le forme e i drappeggi che non avevo mai avuto prima. Ora adoravo gli abiti sbrilluccicanti, le perline, le paillettes e tutto ciò che brillava, perché catturava la luce e scintillava, e i miei occhi riuscivano a coglierlo e ad accendere pensieri felici nel mio cervello.

Ero nata per realizzare costumi per il palcoscenico.

Mi piaceva entrare negli affollati camerini dietro le Lord's Rooms, passare le mani sugli splendidi tessuti e sulle finiture e lavorare con la squadra del teatro per disegnare abiti che fossero stupendi da ogni punto di vista e che permettessero agli attori di muoversi liberamente. Per la prima volta da quando avevo lasciato New York, mi stavo godendo di nuovo il mondo della moda senza pensare a ciò che mi stavo perdendo.

E non guastava che Quoth lavorasse nella stessa stanza, a progettare le scenografie e gli oggetti di scena per i tre spettacoli, e comportandosi in modo davvero carino e molto "Quothoso." Se solo avesse smesso di odiarsi per quello che era successo con Dracula, e se il signor Rasmussen avesse deciso che essere la libreria del Festival era una cosa troppo fastidiosa e avesse restituito a noi quel ruolo, la vita sarebbe stata perfetta...

SBAM.

Feci un salto quando la porta andò a sbattere contro il muro, aspettandomi di vedere svolazzare Dracula in persona. Ma avevamo sconfitto quel vecchio succhiasangue qualche mese prima e, da quando Heathcliff aveva riparato le tubature del negozio, non erano apparsi altri personaggi di fantasia. *Quindi chi...*

«Ottime notizie.» La voce di Morrie risuonò al suo avvicinarsi. Mi prese da sotto le braccia per sollevarmi e farmi volteggiare. «Ecco a voi Macbeth, per la sua prova costume.»

Oliver, il panettiere che aveva il negozio all'angolo con Butcher Street, avrebbe dovuto interpretare Macbeth, ma era inciampato in un sacco di farina e si era rotto una caviglia, così la signora Ellis aveva chiamato Morrie a sostituirlo. Dal modo in cui Morrie parlava della questione, non mi sarei sorpresa a scoprire che avesse avuto qualcosa a che fare con *l'incidente* di Oliver: dopotutto, Morrie era il Napoleone del crimine. Lasciai cadere il mio puntaspilli e indicai la rastrelliera degli indumenti. «Da questa parte, nobile re.»

«Ti prego, chiamami pure Macbeth.»

Dietro di me, Puck sussultò. «No, no, no, no.» Poi si mise a saltellare. «Non puoi dire quella parola qui dentro.»

«Quale parola?» Morrie sembrava confuso. «*Macbeth?*»

«Aaahhhh!» Puck si mise a girare in tondo, schiaffeggiandosi le guance e gridando: «Ore felici e sereni pensieri siano con voi!»

Morrie lo guardò accigliato. «Cosa sta facendo? Ogni volta che pronuncio il nome *Macbeth* lui fa questa buffa danza.»

Puck piagnucolava e roteava più in fretta, declamando altri versi di Shakespeare.

«È una superstizione nel mondo del teatro,» spiegai. «A quanto pare, quando Shakespeare scrisse l'opera, per il discorso delle "serpi maculate dalla lingua bifida" utilizzò un vero incantesimo usato dalle streghe, e la congrega da cui lo prese maledisse l'opera in modo che la sfortuna si abbattesse sui presenti ogni volta che il titolo veniva pronunciato tra le mura di un teatro. Degli attori sono perfino morti sul palcoscenico durante dei finti combattimenti con le spade, o a causa di scenografie che sono crollate loro addosso. Puck sta eseguendo il rituale di purificazione per allontanare la maledizione delle streghe.»

Morrie si avvicinò al mio orecchio, e con quella sua voce

scura e maliziosa sussurrò: «Lo so, dolce Mina. So tutto della maledizione. È solo che volevo vedere il folletto danzare.»

PER TUTTO IL POMERIGGIO, gli attori arrivarono all'orario di convocazione per la prova costumi. Quoth mi aiutò a farli entrare negli abiti e poi ad appendere i costumi agli attaccapanni con le etichette con i nomi e i vari cambi, da una scena all'altra.

«Chi è il prossimo?» chiesi ad alta voce al gruppo di persone che aspettavano vicino ai tavoli del trucco.

«Toccherebbe a me,» rispose una voce femminile che conoscevo, mentre si avvicinava al piedistallo. «È un piacere rivederti, Mina. Sono Zenzile Monroe. Interpreto Lady Macbeth.»

«Ah, tu sei la mia bella e infida moglie.» Morrie le prese la mano e la baciò.

«Signor Moriarty, non vedo l'ora di condividere il palco con lei.» Salì sul blocco che stavo usando per prendere le misure e declamò: «"Venite, voi spiriti che governate i pensieri di morte, snaturate in me il mio sesso, riempitemi tutta, fino a farmi traboccare, della ferocia più cruda". Vorrei davvero che uno spirito shakespeariano mi riempisse di crudeltà, così potrei fare a quel Rasmussen ciò che si merita.»

Puck apparve alle sue spalle, un dito alzato e un sorriso sfacciato sul volto. Morrie gli diede una gomitata nel costato così forte che lui cadde a terra senza fiato. Bene. L'ultima cosa che ci serviva era che Puck regalasse a Zen una vendetta shakespeariana. In giro c'erano abbastanza spade per potere fare dei seri danni.

Per Iside, apprezzerei se riuscissimo ad arrivare senza omicidi fino alla fine di questo Festival.

«Abbiamo sentito la vostra discussione al pub ieri sera,» dissi io mentre iniziavo ad appuntare la gonna di Zen. «Mi dispiace che il signor Rasmussen tenga più al profitto che allo studio. Se vuoi saperlo, nemmeno noi siamo esattamente entusiasti del modo in cui conduce i suoi affari.»

«Sì, ho sentito che vi ha rubato il posto come libreria ufficiale del Festival.» Zen tirò su con il naso. «Non riesco proprio a pensare che selezioni i materiali con la stessa cura con cui lo fai tu, Mina. Tutto l'impegno che ci metti... sono davvero arrabbiata per te. Vorrei che quell'uomo non fosse mai venuto a vivere nel villaggio... Oh, scusami, Shelley. Non volevo parlare male di tuo padre. So che devi essere felice di averlo qui nei paraggi, per Max.»

Trasalii, sentendomi in colpa per essere stata sorpresa a parlare male del padre di Shelley in sua presenza, anche se si meritava ogni parola.

«Tranquilla.» Shelley spuntò dalla porta per andare a recuperare suo figlio da sotto lo scaffale dei costumi. «In effetti ero proprio venuta a scusarmi per il modo in cui si è intromesso e ha preso in mano il Festival. Sono così imbarazzata da... Max, *smettila.*»

Strizzai gli occhi quando sentii il rumore di qualcosa che crollava, e poi sentii Max ridere. Shelley prese in braccio il bambinetto che si dimenava tutto. «Mi dispiace per questo piccolo terrore. Papà avrebbe dovuto portarlo al parco oggi, ma è troppo impegnato nel suo negozio (anche se in teoria dovrebbe gestirlo il signor Delacroix), così ho dovuto portarlo con me. Quando mio padre si è trasferito ad Argleton pensavo volesse che fossimo una famiglia vera e propria, invece sembra che non sia interessato a nulla che non abbia pagine vecchie e un prezzo elevato.»

«Sono sicura che una volta che il signor Rasmussen si sarà abituato ad avere te e Max nella sua vita, ci prenderà gusto,» replicai, anche se segretamente ritenevo avesse ragione.

«Oppure rimarrà un mascalzone di prim'ordine,» disse Morrie. «C'è anche questa possibilità.»

«Credo che il signor Moriarty abbia ragione. Vabbè,» disse Shelley. «Proverò a convincerlo a donare il libro al museo. È quello che farei io se gestissi il suo negozio. E speriamo che si senta costretto ad ascoltarmi.»

Un altro schianto. Questa volta sentii distintamente Puck urlare: «Fallo di nuovo, giovane demonio, e ti piazzerò una testa d'asino sul collo.»

«*Puck*, non osare trasformare quel bambino in un asino...»

CRASH.

«Uaaaah!»

«Mina, va tutto bene qui dentro?» Miles Shackleton entrò, in mezzo a tutto quel caos, e bloccò Morrie che stava per lanciarsi su Puck. «Ho sentito che si è rotto qualcosa.»

Shelley prese Max e scappò via. Puck si rimpicciolì e si nascose nell'astuccio dei trucchi, mentre Zen prese la sua borsa e si precipitò in bagno per cambiarsi. Io mi strofinai una tempia, dove cominciavo a sentire i primi sintomi del mio solito mal di testa. «È tutto sotto controllo, Miles. Siamo pronti per la serata di apertura.»

«Bene.» Le sue spalle si rilassarono visibilmente per il sollievo. «Stavo giusto venendo a darti la buona notizia. Beh, buona, ma anche un po' terrificante. Ho appena parlato al telefono con la nostra promotrice a Londra e mi ha detto che, con il First Folio in mostra, la stampa sta scalpitando per avere i biglietti per la serata di apertura. Saremo su tutti i principali organi di informazione del regno.»

«Ma è fantastico, Miles.»

«Vero?» Strinse con tanta forza lo schienale di una sedia da trucco che le sue dita penetrarono il tessuto. «Mi ha anche detto che un gruppo di investitori ha prenotato l'ultimo dei palchetti (o Lord's Rooms) per domani. Se apprezzeranno lo spettacolo, potrebbero essere interessati a finanziare il tour nazionale del Nuovo New Globe. È un sogno, Mina. È *il* sogno.»

«Sono emozionata per tutti noi.» Gli feci un sorriso. Ero felice che il teatro stesse ricevendo così tanta attenzione. Miles aveva investito molto in quel progetto. Aveva pianificato la costruzione del Nuovo New Globe per oltre un anno, esaminando vecchi documenti e articoli accademici insieme a Zen per creare un progetto che riflettesse l'esperienza del teatro elisabettiano e che potesse essere allestito, smontato e spostato facilmente. Si meritava che il Festival fosse un grande successo.

La voce di Miles si addolcì. «Mina, so che devi essere triste per il fatto che la tua non è più la libreria ufficiale, ma tutto questo non sarebbe successo senza il signor Rasmussen e il suo First Folio. Avere quel libro in mostra nel villaggio è un vero colpaccio.»

«Capisco. Si tratta di affari,» commentai non senza difficoltà. «Sono felice di aiutarvi con i costumi e qualsiasi altra cosa possa servire.»

«Bene, bene.» Si passò le dita tra i capelli neri e ricci, che sembravano aver bisogno di uno shampoo. A pensarci bene, tutto in Miles sembrava un po' arruffato e stanco. E puzzava come la camera da letto di Heathcliff quando il vento cambiava. «Il nostro compito ora è quello di assicurarci che tutto funzioni alla perfezione, quindi armiamoci di un bel piede di porco, e cerchiamo di aprire i portafogli di questi investitori.»

«Povero Miles,» dissi una volta che se ne fu andato. «Sembra stravolto.»

«Ci credo,» convenne Morrie. «Ha ipotecato la casa per portare questo Festival al successo.»

«Cosa?» *È una follia.* Miles viveva in una bellissima tenuta georgiana fuori dal villaggio, il tipo di proprietà che chiunque abbia un po' di buon gusto (e poco buonsenso) sognerebbe di possedere. «Come fai a saperlo?»

«Sapere le cose è il mio lavoro.»

Feci una smorfia a Morrie. «Veramente no.»

«Come vuoi. Allora: è la mia natura criminale che vuole sapere le cose. E so che l'intera fortuna personale di Miles Stapleton dipende da successo del Festival e del Nuovo New Globe, e sua moglie non ne sa nulla. Se *la minima cosa* va storta nel Festival, sarà rovinato.»

4

«Prendo tutti questi, grazie.» L'uomo lasciò cadere sul bancone una gran quantità di libri di Stella Mey: probabilmente tutti quelli che avevamo in magazzino.

«Quindi sei un grande fan di Stella Mey, giusto?» Sorrisi mentre facevo il conto dei libri. «Anch'io. Adoro il modo in cui ha stravolto la figura del vampiro e ne ha fatto una cosa nuova. Ho adorato *Dusk*.»

«Io non l'ho mai sentita nominare.» Gli occhi gli brillavano di una strana fame mentre mi strappava i libri dalle mani man mano che li battevo sul registratore di cassa. Aveva forse paura che qualcuno che conosceva lo vedesse con quei libri da adolescenti sui vampiri?

I clienti erano davvero strani.

«Ecco fatto. Il totale è di 18,29 sterline.» Mentre mi metteva in mano le banconote e le monete contandole una a una, gli porsi un programma. «Dato che sei qui in paese, perché non dai un'occhiata al nostro Festival shakespeariano?»

«Shakespeare?» si schernì lui. «Non è quel tizio del teatro?

Chi è che ha bisogno di quelle sciocchezze ora che abbiamo la televisione?»

Heathcliff fece un cenno a Quoth. «Prendilo, uccello.»

Ci penso io.

L'uomo mi strappò di mano lo scontrino, borbottò qualcosa del tipo *sarà meglio che meriti,* e se ne andò infuriato. Quoth scese dal lampadario e si fiondò nel corridoio inseguendolo. Un attimo dopo, il cliente urlò.

«Aahhh. Quell'uccello schifoso mi ha cagato addosso!»

Evidentemente Quoth si era tenuto per un'occasione speciale, perché quando l'uomo fece capolino da dietro l'angolo, aveva sul viso così tanta cacca di uccello che la vedevo anche dall'altra parte della stanza. Quoth tornò svolazzando e si appollaiò sul registratore di cassa, scrutandomi con quegli occhi cerchiati di fuoco.

Beccato, dichiarò nella mia testa.

Scoppiai a ridere. Dall'altra parte della sala, una cliente che sfogliava la sezione vittoriana si mise a ridacchiare e cercò di nascondere il viso nel libro che aveva in mano. La risata mi morì sulle labbra. Anche se quell'uomo era stato scortese, non dovevamo ridere dei clienti davanti ad altre persone. Era il modo giusto per diventare la libreria con una brutta *reputazione.* E la nostra reputazione era quella di avere amici strani in costumi bizzarri che ci giravano intorno, un proprietario burbero, un corvo impertinente e la propensione a rimanere invischiati in omicidi.

L'uomo se ne andò furioso, urlando che ci avrebbe fatti contattare dal suo avvocato. La ragazza che rideva si avvicinò al bancone.

«Mi dispiace,» disse porgendomi un libro. «Non volevo ridere, è solo che... sai: *"beccato"*, detto da un uccello in volo...»

La scrutai, strabuzzando gli occhi. *Come fa a sapere che Quoth ha detto "beccato"?*

È quasi come se...

... avesse sentito quello che ha detto Quoth.

Ma è impossibile.

Nessuno, e dico *nessuno*, aveva mai dato segno di poter sentire i pensieri di Quoth quando era nella sua forma di corvo. Altri personaggi letterari lo sentivano, e anche io, perché ero la figlia di Omero con le acque del Meles che mi scorrevano nelle vene, ma quella cliente mai vista...

La studiai strizzando gli occhi: era una ragazza con i capelli perfettamente lisci e una felpa ricoperta di minuscoli pipistrelli con gli occhi a palla. Cercai di capire cosa stesse succedendo. Ero ancora lì con gli occhi strizzati quando mi resi conto che mi stava porgendo il libro, come fosse stata un'offerta di pace.

«Scusa.» Agitai le mani come una pazza. «Sono cieca. Posso aiutarti?»

«Va bene se li lascio qui?» La ragazza fece cadere il volume sul bancone davanti a me e poi ci mise sopra altri libri. «Voglio andare di sopra a prendere dell'altro, e questi sono pesanti.»

«Certo, fai pure.»

Posò i libri e si allontanò. All'ingresso si voltò e disse a bassa voce. «Troveremo un libro di strategia militare, te lo prometto. Aspetta un attimo, prima devo controllare la sezione viaggi.»

«Ehm, che succede?»

«Oh.» La sua voce era strozzata per l'imbarazzo. «Niente. Non è successo niente. A volte parlo da sola, tutto qui.»

Okay, certo. Va bene parlare da soli: lo facciamo tutti. Ma discutere con se stessi e sentire un corvo magico nella testa, e non esserne per nulla turbati, è tutta un'altra storia.

Devo sapere cosa sta succedendo a questa ragazza.

«Faccio una pausa.» Lasciai cadere i libri tra le braccia di Heathcliff, spinsi Oscar verso di lui e uscii dalla mia postazione scrivania. Attraversai il tappeto in punta di piedi per raggiungere il fondo delle scale proprio mentre la ragazza metteva il piede sull'asse scricchiolante, in cima alle scale stesse.

Sentendomi un po' come un antieroe in una storia dark, salii le scale dietro di lei; restando nell'ombra appoggiai i piedi nei punti in cui sapevo che le assi del pavimento non scricchiolavano. Normalmente senza Oscar non riuscivo a orientarmi, ma conoscevo a memoria ogni angolo della Nevermore. Raggiunsi la cima delle scale e mi voltai verso lo scaffale più vicino, fingendo di riordinare i titoli il più in silenzio possibile, mentre la osservavo da una fessura tra i libri.

Avevamo installato abbastanza lampade da permettermi di distinguere le forme in tutta la stanza. Lei si muoveva tra gli scaffali, fermandosi di tanto in tanto per estrarre dei libri. Poi li sollevava come per esaminarne la copertina. Continuava a mormorare qualcosa, senza interruzioni, in un tono costante e monocorde. Stava parlando da sola, solo che... non sembrava una pazza che vaneggiava. Era più come se stesse discutendo con qualcuno di invisibile, qualcuno che non potevo sentire.

Avrei potuto considerarla una dei tanti clienti bizzarri che vengono alla libreria, se non fosse che ero sicurissima che avesse sentito Quoth.

Con chi sta parlando? È possibile che io non sia l'unica persona con le acque del Meles nelle vene?

«Mi scusi, signora.»

Saltai in aria spaventatissima e feci cadere a terra un gran numero di volumi. Mi girai e vidi un uomo di mezza età che mi scrutava da oltre i libri. «Ah, ehm, no, lei faccia pure. Io sto solo... ehm... accarezzando questi libri.» Infilai le mani nello scaffale e iniziai a muoverle avanti e indietro, con il viso rosso come un peperone, quando sentii gli occhi della ragazza perforarmi la schiena. *Sa che sono venuta qui per spiarla.* «Sa come sono: se non gli si dimostra un po' di affetto di tanto in tanto, diventano irascibili.»

«Giusto. Sì.» L'uomo mi scrutò da sotto gli occhiali con la montatura di tartaruga, come se non se la sentisse di porre a me la sua questione, ma preferisse rivolgersi a Heathcliff. Evidentemente, non lo conosceva. «Ho una domanda molto importante che ho bisogno di risolvere in fretta. Avete libri di Stella Mey?»

5

«Non abbiate paura, bravi zotici.» Morrie irruppe dalle porte del palcoscenico. «*Macbeth* è qui.»

Puck farfugliò un insulto elisabettiano e scomparve in un turbine di scintille. I pochi altri attori che erano ancora in giro qua e là a ripassare le loro battute, o a bere in silenzio mentre io e Quoth lavoravamo, presero in fretta e furia i loro cappotti e uscirono, borbottando sottovoce qualcosa sulle maledizioni e sulla scarsa qualità degli attori non professionisti.

«Perché l'hai fatto?» gli chiesi, strofinandomi gli occhi, mentre fiammelle di luce verde e arancione mi danzavano nel campo visivo. *Deve essere tardi.* «Sai che dà fastidio a tutti.»

«Sto aiutando. Sono il più utile di tutti.» Morrie mi afferrò la mano. «Avevano tutti bisogno di andare a casa a farsi una bella dormita prima dello spettacolo di apertura. Inoltre, ho una cosa da mostrarvi, e volevo la massima privacy.»

«Ma devo ancora fare l'orlo a questi mutandoni...»

«Posa il puntaspilli, bellezza.» La voce di Morrie aveva quell'autorità pacata che non mancava mai di farmi tremare le ginocchia. Feci esattamente come mi aveva ordinato. «Tu abbandona il pennello, uccellino. E venite con me.»

Seguimmo Morrie, varcammo la porta che portava in scena e arrivammo al palcoscenico stesso. Il Nuovo New Globe era avvolto nell'oscurità, i posti a sedere inquietantemente vuoti. Morrie aveva lavorato lì con il personale del backstage per la maggior parte della giornata. Oltre a fare da sostituto per Macbeth, era il responsabile di tutti gli effetti speciali per le rappresentazioni teatrali: utilizzava le sue competenze matematiche per creare ingegnose illusioni che avrebbero entusiasmato un pubblico moderno, senza costituire il minimo pericolo per i nostri attori.

Morrie indicò con un gesto un'area del palco illuminata dai riflettori che, per quanto ne sapevo io che ero cieca, era completamente vuota. «Ta-dah!»

«Hai terminato?» chiese Quoth tutto eccitato.

«Sì.» Morrie fece un paio di saltelli sul posto. «Vedi? È perfettamente sicuro. Non si nota nemmeno che c'è una botola qui.»

«C'è una botola?» chiesi.

«Ma certo. È per calare Giulietta nella tomba. Personalmente, penso che sia un po' troppo *Hammer Horror*, ma la signora Ellis voleva un finale spettacolare.» Morrie condusse Quoth in un angolo buio del palco e colpì qualcosa sul pavimento con la punta della scarpa. «Questa è la leva che aziona la botola. Basta un colpo secco e si apre, ma farò in modo che Juliet sia imbracata, così che non si faccia male.»

«Posso provarla?»

«Naturalmente. Stai indietro, bellezza!» Morrie mi allontanò dai riflettori.

Quoth diede un forte colpo alla leva e sul pavimento si aprì un quadrato. Io gridai di gioia. Era spaventosissimo. Il pubblico avrebbe dato *di matto*.

«Morrie, è fantastico. Non si vede minimamente che c'è.» Mi avvicinai un po' e scrutai il sottopalco (o *hell*, inferno, come gli attori shakespeariani chiamavano l'area sotto il palcoscenico), ma riuscii a scorgere solo un pozzo profondo e buio.

«Certo che è fantastico. L'ho progettato io. E non è l'unico macchinario per effetti speciali che ho completato oggi.» Morrie lo disse con un pizzico di malizia. Condusse me e Quoth fino al terzo anello della galleria, accendendo qualche luce, giusto perché mi orientassi. Ci indicò una piccola piattaforma sul bordo della galleria, esattamente sopra l'arena, lo spazio per gli spettatori in piedi, alla quale si accedeva tramite un cancelletto chiuso a chiave. Alla piattaforma era attaccato un complesso impianto di corde, carrucole e staffe di cuoio.

«E questo cos'è?»

«È il sistema che permetterà a Lady Macbeth di gettarsi dalle mura del castello senza rompersi il suo bel collo.» Morrie sbloccò il cancello e tirò le corde verso di sé. «È tutto progettato per essere indossato sotto il costume e rimanere invisibile. E perfettamente sicuro, ovviamente. L'ho testato parecchie volte tarandolo sul suo peso, e in tutti gli scenari possibili. Ma per stasera ho apportato alcune modifiche molto specifiche. Mina, vuoi che facciamo una dimostrazione?»

«Non so se sia una buona idea.» Mi morsi il labbro. Solo perché non vedevo il vuoto di tre piani sotto di me non significava che volessi esservi sospesa tramite esili fili, per quanto mi fidassi del genio matematico di Morrie.

«Potrebbe essere divertente,» disse Quoth, con uno strano tono nella voce. «Ti sembrerà di volare.»

Gli sorrisi. Volare era una cosa di cui parlavamo spesso, perché lui lo faceva tutti i giorni e io avrei disperatamente voluto avere le ali. «Hai ragione. Allora, come faccio a salire su questa cosa? Mi metto questo anello intorno a una coscia, giusto? E questo...»

«No, no.» Morrie mi strinse il busto con le braccia e la sua lingua mi sfiorò il collo. «Ho detto che ho apportato delle modifiche *speciali*. Dovrai essere nuda.»

«Ehm...» Fissai di nuovo l'aggeggio, le cinghie, i passanti e le staffe che tenevano in aria una persona con le gambe *divaricate*, e improvvisamente compresi.

Morrie aveva trasformato le corde in un'altalena per il sesso. Ovvio!

Mi sentii avvampare tutta, dalle dita dei piedi fino al cranio. *Morrie è pazzo. Non possiamo scherzare con questa attrezzatura. Non è stata progettata per quello che vuole lui...*

Invece, evidentemente sì, perché James Moriarty aveva in mente proprio quelle marachelle e bricconate lì.

Mi sentii avvolta dal corpo di Morrie, mentre mi premeva il petto contro la schiena. La sua erezione mi sfiorava la coscia e le sue mani vagavano sul mio petto. Mi toccava leggermente e mi stuzzicava, attirandomi in quella fantasia che aveva orchestrato. Gli piaceva da morire fare il burattinaio, e finalmente stava per agganciarmi a dei fili.

Mentre mi slacciava i bottoni della camicia uno a uno, mi appoggiò sul collo una scia di baci. Mi sfiorò la pelle con le dita, tracciando linee di fuoco che producevano piccole scintille guizzanti e scoppiettanti. Infilò le mani sotto il reggiseno e me lo tirò su. Dell'aria fresca mi arrivò da sotto, a baciarmi i capezzoli, che diventarono due bottoncini duri.

Sentivo l'adrenalina scorrermi nelle vene. *Sono sull'orlo di un precipizio e Morrie riesce ancora a farmi sentire così.*

«So che sei curiosa, bellezza,» sussurrò contro la mia pelle mentre mi palpava i seni e stuzzicava i capezzoli con la punta delle dita. «Lo capisco dal modo in cui le tue labbra si schiudono leggermente e dal tuo respiro così veloce, mentre il tuo cuoricino batte forte. Tu lo vuoi. È una semplice deduzione.»

«Ma qualcuno del cast potrebbe vederci,» mugolai la mia ultima obiezione mentre Morrie mi ruotava un capezzolo tra le dita e lo pizzicava leggermente: un po' di dolore per esaltare il piacere.

«Proprio per questo ho spaventato tutti e li ho fatti scappare.» Morrie mi baciò le spalle mentre abbassava il tessuto. Poi, lento e calcolato, mi sfilò le braccia dalle maniche, traendo il massimo piacere da quell'operazione. «Le maledizioni hanno i loro vantaggi. Qui non c'è nessuno a parte te, me e Quoth.»

Quoth. Che cosa...

Quoth si avvicinò, appoggiandosi alla ringhiera della galleria. I suoi occhi mi scrutarono e Morrie lasciò cadere maglietta e reggiseno nell'arena al centro della costruzione.

«Morrie, cosa stai cercando di farle?» Aveva la voce soffocata dall'emozione.

«Pensavo fosse ovvio. Sto cercando di spogliare Mina. Ti andrebbe di aiutarmi?»

Quoth amava essere d'aiuto. Arrivò praticamente saltellando, e salì sul bordo della stretta pedana per raggiungermi. Morrie mi sollevò da sotto le ascelle mentre Quoth mi sfilava le calze a rete e la gonna rossa in tartan. Le loro dita mi sfiorarono la pelle e quella sensazione si mescolò all'adrenalina che mi scorreva dentro: sentivo il sangue che pulsava e la testa leggera.

Morrie mi afferrò i fianchi e mi sollevò da terra, sistemandomi a sedere nella stretta imbragatura di cuoio, e Quoth mi infilò gambe e braccia negli anelli e nelle staffe. Quando ebbero finito, fecero un passo indietro e l'altalena si mosse. Sentii un vuoto allo stomaco: oscillavo sopra il teatro, sospesa a tre piani di altezza, con l'aggeggio di Morrie come unica protezione che mi impediva di precipitare verso la morte.

Mi presi un momento per respirare, per concentrarmi sulle nuove sensazioni che mi invadevano il corpo: gli strattoni e i pizzicotti delle corde intorno alle gambe e alle braccia, la fresca carezza dell'aria che saliva sotto di me, la tensione dei muscoli delle cosce divaricate, il dolore in quel punto tra le gambe, che implorava di essere riempito.

La voce di Morrie grondava di desiderio. «Sei fantastica, Mina. Non sei d'accordo, uccellino?»

«Eh.» Sembrava che Quoth non riuscisse a formulare nessuna parola.

Con un piede, Morrie diede una piccola spinta all'altalena. Mentre mi dondolavo, l'aria fresca mi passava sul corpo, stuzzicandomi i capezzoli e accarezzandomi tra le gambe, come il fantasma di un bacio. Gemetti mentre la stanza mi girava intorno e le luci fluttuavano nel mio campo visivo.

«È tutta tua, uccellino,» disse Morrie. «Ho pensato che fosse giunto il momento di far volare entrambi.»

Quoth salì sulla piattaforma. Io gli arrivai davanti, abbastanza vicina da distinguere la sagoma del suo corpo e sentire il piccolo sussulto che emise quando mi guardò. Mi passò le dita lungo le gambe: calde, gentili e riverenti. Sentii il sibilo del respiro che gli uscì dalle labbra. Io mi inarcai verso di lui, ma questo mi fece solo allontanare dall'altra parte.

Eeeeee. Per Iside, è molto divertente.

Quoth afferrò una delle staffe e mi tenne ferma in modo da farmi oscillare a mezz'aria proprio di fronte a lui. Poi mi spinse dentro la punta del dito, stuzzicandomi l'apertura. Gemetti, mentre sentivo aumentare la tensione al ventre. Cercai di avvicinarmi a lui con il bacino, ma non riuscivo a muovermi: mi era impossibile perfino chiudere le gambe anche di un solo centimetro, per cercare di aumentare la pressione. L'unica cosa che riuscivo a fare era fluttuare e librarmi mentre mi bagnavo sempre di più e sentivo il fuoco che mi cresceva dentro.

Lui si protese e mi baciò la pelle sopra l'ombelico. Le sue dita si muovevano e mi accarezzavano, senza esercitare mai abbastanza pressione. Io emisi un ringhio di frustrazione.

«Mi stai tormentando.»

In tutta risposta, Quoth diede un colpetto all'altalena. Io mi allontanai, urlando insoddisfatta mentre perdevo il suo tocco. Ma quando tornai, gli arrivai direttamente sul dito.

Cazzzooooo sì.

Quoth continuava a muovere l'altalena e ogni volta che tornavo verso di lui, lui spingeva più a fondo il dito. Poi piegò il pollice verso l'alto per giocare con il mio clitoride, colpendo quel punto sensibile con il polpastrello a ogni oscillazione dell'altalena. Io ansimavo e sussultavo, ma ero completamente intrappolata, incapace di fare altro che godermi quella lenta e impossibile tortura.

Mi passò il pollice sul clitoride in un movimento circolare e poi mi spinse dentro un secondo dito. Il fatto di non potermi muovere, di essere bloccata in quella posizione scomoda con la testa all'indietro e le gambe spalancate, il ritmo languido che mi imponeva di sentire ogni colpo, ogni movimento, ogni cigolio e dondolio dell'altalena... tutto questo mi portò sull'orlo del baratro e oltre, e alla fine stavo cadendo e librandomi verso il sole, nell'orgasmo più grande, più potente, più intenso che avessi mai avuto.

C'era qualcuno che stava urlando. Mi ci vollero alcuni istanti per riprendermi e rendermi conto che ero io.

Avete mai avuto un orgasmo in volo? Ve lo consiglio vivamente.

Ma Quoth non aveva ancora finito. Con un grido simile a quello di un animale ferito, mi afferrò le cosce e mi penetrò. Non potevo fare nulla, né respingerlo, muovere il bacino o allontanarmi. Aveva il controllo completo del mio corpo e dell'altalena. Era strano sentirsi così indifesa e allo stesso tempo così adorata.

Mi passò una mano dietro la testa, mi infilò le dita tra i capelli mentre controllava il movimento ondulatorio e mi avvicinava a sé per un bacio profondo e incandescente. L'altra mano mi strinse una coscia, affondando le unghie con così tanta forza che non mi sarei stupita se mi avesse fatto uscire del sangue. Poi si chinò per succhiarmi un capezzolo e io partii di nuovo, in volo da qualche parte sopra il mio corpo.

Venni con lui dentro, tremando e urlando. Durante l'orgasmo mi piaceva stringere le cosce, quasi a difendermi da una sensazione eccessiva. Ma sull'altalena non potevo farlo: avevo le cosce bloccate. Dovevo sopportare ogni minima sensazione, mentre la mia pelle si trasformava in un migliaio di minuscoli fiammiferi che venivano accesi tutti insieme.

Quoth fece oscillare il bacino, costringendomi ad andare avanti e indietro, per sbattere ripetutamente su di lui. Le staffe di cuoio mi stringevano e la sensazione era incredibile. Quoth gridò e io sentii il suo corpo tendersi, il suo cazzo che guizzava e si induriva dentro di me. Nel suo grido sentii il dolore e il senso di colpa che si era portato dentro per tanto tempo e sperai che riuscisse a lasciarlo volare via e non curarsene mai più.

Pensai di aver raggiunto l'orgasmo ancora una volta, ma non lo sapevo con certezza, perché stavo effettivamente *volando*.

«E tu?» chiesi a Morrie, con la voce densa di desiderio.

«Non oggi,» mi disse mentre mi aiutava a scendere e si assicurava che fossi ben lontana dal bordo, dato che le mie gambe non erano ancora in grado di reggermi. «Questo era un regalo per lui. Anche se non ha avuto l'effetto che desideravo.»

Mi voltai verso dove guardava Morrie, e intuii Quoth che

scendeva in fretta le scale, con la testa china e la cascata di capelli scuri che gli si agitava tutto intorno.

Non glielo chiesi, ma sapevo esattamente cosa stava pensando Morrie. *Se Quoth non viene rallegrato nemmeno da Mina su un'altalena del sesso, cosa possiamo fare per lui?*

E avrei voluto sapere la risposta, più di qualsiasi altra cosa.

6

«Heathcliff, sbrigati. Ho bisogno di te qui,» dissi salendo le scale, con la mano appoggiata sul cartello CHIUSO. Oscar sbatteva le zampette sul tappeto, impaziente di iniziare la giornata. Adorava fare il cane da negozio, strattonare il suo carrellino rosso pieno di libri per aiutarmi a impilare gli scaffali e salutare tutti i clienti. Ma non potevamo aprire senza Heathcliff: avevo bisogno che lui prezzasse i nuovi prodotti, così che io e Oscar potessimo gestire il negozio. O meglio, così che un cane *guida* mi *guidasse* alla *guida* del negozio, ecco.

«So cosa possiamo fare mentre aspettiamo.» Con un leggero schiaffo, Quoth mi tolse la mano dal cartello e mi prese tra le braccia. Le sue labbra sfiorarono le mie, eccitandomi all'istante. Per un attimo pensai di lasciare chiuso il negozio e di passare la giornata a letto con il mio uccellino.

Ma per quanto desiderassi un po' di tempo con lui, sapevo che erano in arrivo diversi pullman di turisti per il Festival. Anche se non eravamo la libreria ufficiale e se non avevamo un rinomato First Folio che avrebbe attratto le folle, le persone sarebbero andate in giro per il villaggio e sarebbero state

45

incuriosite dalla nostra libreria ospitale (più o meno) e calda (cioè polverosa). Avevo allestito tutte le nostre opere di Shakespeare in un espositore attraente e avevo persino convinto Puck a organizzare una sessione per i bambini di fiabe a tema folletti. Potevano anche mettere in crisi la Libreria Nevermore, ma nessuno ci avrebbe tagliato fuori.

«Heathcliff,» gridai, mentre Quoth mi mordicchiava l'orecchio. *La voglia di aprire il negozio svanisce, svanisce...*

«Eccomi,» brontolò Heathcliff. Scese le scale con passo pesante e mi sventolò in faccia qualcosa di bianco.

«Cos'è?»

«È il mio volant. Devi allacciarmelo.»

Sorrisi mentre Quoth si trasformava e svolazzava fino al suo posatoio sopra la porta. Misi il volant intorno al collo di Heathcliff e glielo fissai dietro la nuca.

Nyah-nyah-nyah, rise Quoth ridendo, mentre scrutava Heathcliff. Io dovetti trattenere una risata. Con le spalle così larghe e i lineamenti scuri, Heathcliff sembrava una lampada Tiffany incazzata.

Heathcliff fece una smorfia e allungò una mano per strattonarsi il volant.

«Non ascoltarlo. Sei bellissimo.» Gli baciai la punta del naso.

«Sembro un centrino,» brontolò diretto nella sala principale. «Una candela di cui si è bruciato il meglio.»

Lo adora, quel libro di insulti, mi disse Quoth nella testa.

Non riuscivo a smettere di ridere mentre controllavo le vetrine per l'ultima volta e giravo il cartello da CHIUSO ad APERTO.

Che il Festival Shakespeariano di Argleton avesse inizio.

Io e Quoth eravamo seduti nel bovindo e osservavamo i primi autobus di turisti che arrivavano al parcheggio del villaggio. La folla si aggirava per i negozietti caratteristici e tutti esibivano le loro borse con il logo del Festival. Fuori dalla Libreria Rasmussen si era formata una fila e l'odioso proprietario si era sistemato in una postazione che si era ricavato di fianco alla porta d'entrata, pretendendo due sterline a persona come tassa d'ingresso (cioè, dai, ma sul serio?) e invitava tutti i passanti a entrare. Il suo socio in affari, l'allampanato Lawrence Delacroix, faceva da guida in giro per il negozio, senza dubbio intrattenendo tutti con i suoi racconti di quando faceva l'attore shakespeariano e proponendo sconti speciali per combinazioni di costose edizioni da collezione insieme a lezioni di storia.

La coda era diventata un mini-festival a sé stante. Earl si presentò con un liuto che aveva costruito con vecchi pezzi di auto e intratteneva gli astanti con canzoni sconce, mentre i turisti in costume ballavano intorno al parco. Richard vendeva panini e i suoi tradizionali pasticci di carne, e la signora Ellis saltellava su e giù per la fila con Morrie, Puck e un paio di altri attori in costumi impeccabili, e vendevano i biglietti per l'inaugurazione, che si sarebbe tenuta quella sera stessa.

Sembrava molto divertente ed ero sicura che molte delle persone in coda sarebbero state interessate anche ai nostri libri. Tuttavia, non potevamo partecipare. Non eravamo più la libreria "ufficiale". Dovevamo fare un passo indietro e lasciare che la *nostra* città venisse travolta dalla febbre del First Folio di Rasmussen.

«Odio quel Rasmussen con tutto il cuore,» commentò

Quoth. Dopo aver mangiato la sua colazione a base di bacche, aveva assunto di nuovo la sua forma umana. Di solito, se c'era molta gente nel negozio, Quoth preferiva rimanere corvo, ma evidentemente quel giorno non faceva una gran differenza.

«Sono d'accordo. Non dovrebbe far pagare solo per entrare nel negozio.»

Però la gente era disposta a versare quell'obolo. All'ora di pranzo, la fila di persone in attesa di dare un'occhiata al First Folio di Rasmussen faceva tutto il giro del parco e bloccava l'ingresso del pub. Alcuni, dopo averne avuto abbastanza di libri vecchi e costosi, entravano alla Nevermore per dare un'occhiata a libri vecchi, ma a buon mercato. Vendemmo una manciata di articoli che facevano parte della nostra importante esposizione shakespeariana, ma niente di paragonabile a quello che avremmo venduto se Rasmussen non avesse mai messo piede nel villaggio.

Non che fossi rancorosa o altro.

No, proprio no.

In qualche modo cercammo di distrarci da quello che stava succedendo nella piazza. Io e Morrie giocammo a scacchi. Quoth si mise a lavorare a un dipinto. Heathcliff urlava, rivolto alla radio. Puck intrattenne dieci bambinetti trasformando uno dei loro insegnanti in asino. I bambini gridarono di gioia e non sembrarono accorgersi del fatto che, una volta usciti dal negozio, il loro insegnante continuava a esprimersi solo a ragli.

Alle tre del pomeriggio suonò il campanello della porta. Stavo ascoltando un audiolibro interessante, quindi lasciai che il cliente andasse in giro da solo a curiosare. Ma pochi istanti dopo percepii una presenza dall'altra parte della scrivania.

«Ehi, hai visto cosa sta succedendo nella piazza?» mi chiese qualcuno. Misi in pausa l'audiolibro e sollevai lo sguardo: vidi la ragazza del giorno prima, quella che avevo visto discutere con se stessa. Indossava un vestito di lana che le segnava le curve e una collana fatta con un laccio di cuoio con appesa quella che sembrava una moneta romana.

Evidentemente, la mia espressione tradì la mia sorpresa, perché lei mi fece un cenno sventolando una mano. «Scusami. Non volevo spaventarti. Mi sorprende che sia così tranquillo, qui dentro. Avevo immaginato che questo Festival avrebbe attirato molte persone, in un negozio di libri.»

«Lo avevo immaginato anch'io.» Cercai di non sembrare sarcastica. «Sono tutti in coda per la Libreria Rasmussen, per vedere il First Folio. I nostri libri popolari, per quanto assolutamente banali, non possono competere.»

«Se ti può consolare, io ci sono andata questa mattina e la vostra libreria è molto più bella. E poi, voi non fate pagare il biglietto d'ingresso, né avete un tizio allampanato che vi segue per tutto il negozio per assicurarsi che non rubiate nulla.»

«Almeno, lasciano fare delle foto?»

«Solo se si paga una sterlina in più.» Prese in mano il telefono. «Che ti posso dire? Mi sono fatta anche io un selfie con il grande e malefico libraccio. Non posso resistere alle foto da postare su Instagram.»

«Posso vedere?»

Non mi chiese come fosse possibile che una ragazza cieca volesse guardare delle fotografie, il che me la fece piacere sette milioni di volte di più. Le presi il telefono e lo tenni sotto la luce, così vicino al viso da toccarmi in pratica il naso. Eccola lì, sorridente davanti alla fotocamera, con il libro aperto dietro di lei in una specie di culla foderata di velluto. Mostrava la prima pagina di *Molto rumore per nulla*, con un bellissimo bordo floreale.

Qualcosa mi trafisse lo stomaco. Mi sarebbe davvero piaciuto vedere il First Folio dal vivo. Ma mai al mondo avrei messo piede nel negozio di Rasmussen. Le ridiedi il telefono.

«Adoro. Dovresti usarla come foto profilo. Tipo: "Attirerà il mio Folio giovani virgulti nel mio brolo".»

«E ognun dirà che è più allettante di quello di vossia...»

Risi. «Invero, lo è assai di più...»

«Potrei insegnarti, ma ho un tributo da riscuotere,» concluse con una risata. «A proposito, mi chiamo Bree.»

«Io Mina. E lui è Oscar.» Bree sorrise a Oscar ma non andò ad accarezzarlo. Ovviamente sapeva che stava lavorando. «Sei stata qui l'altro giorno.»

«Sì. Vivo a Grimdale, appena oltre la valle. Beh, sono rientrata da poco. Sono cresciuta qui ma ho vissuto un po' dappertutto: Canada, Germania, Vietnam, Nuova Zelanda. Non mi piace rimanere a lungo nello stesso posto, ma i miei genitori mi hanno chiesto di tenere aperta la casa mentre sono in giro per l'Europa a celebrare il loro pensionamento. Grimdale è *noiosa*. È morta. Nel senso di mortalmente morta. Non succede niente. Non abbiamo nemmeno una libreria. E così sono tornata qui anche oggi: ho bisogno di altro da leggere.»

«Io sono nata ad Argleton. So bene com'è la vita in un paesino,» le dissi ridendo. «Forse posso consigliarti qualcosa. Cosa ti piace leggere?»

«Biografie di viaggio. E... racconti storici di battaglie famose. Qualsiasi cosa scritta da... Giulio Cesare. Lo adoro. E anche qualsiasi cosa su come rovesciare una monarchia.» Piegò la testa di lato e poi mi guardò di nuovo. «Ehm... voglio dire... *ricamo*. Vanno benissimo libri sul ricamo.»

«Wow, beh, una gamma piuttosto ampia!»

«Sì, beh, mi piace leggere. E, a quanto pare, mi piace anche ricamare.» La risata di Bree mi sembrò un po' forzata. «Va bene tutto, basta che mi faccia tacere le voci che ho nella testa.»

Mostrai a Bree alcuni dei nostri famosi libri di viaggio e lei ne prese una pila. Quando mi diede i soldi, borbottò: «No, non so quanto faccia in denari.» Vabbè, a parte quello, sembrava una persona abbastanza normale. Volevo chiederle se le andava di andare a bere qualcosa al pub, ma non ebbi il coraggio.

«Grazie ancora.» Bree prese la borsa di libri che le stavo porgendo. «Ehi, vai alla cerimonia di apertura stasera?»

«Non me la perderei per niente al mondo. Il mio ragazzo interpreta Macbeth e mia madre è una delle tre streghe.»

«Divertente. Magari ci vediamo lì. Stavo pensando di venirci anche io. Non sarà una cosa da via di testa come il *Burning Man*, ma ci sarà da ridere.» Mi fece un cenno con il capo e tirò fuori il telefono. «Ehi, mi dai il tuo numero? Ti mando un messaggio con il mio. Magari potremmo andare a bere qualcosa insieme, qualche volta? Quando non sei impegnata?»

«Sì.» Le feci un sorriso a trentadue denti. «Mi piacerebbe molto.»

ALLE QUATTRO CHIUDEMMO il negozio e andai al piano di sopra a prepararmi per la cerimonia di apertura. Essendo la costumista, pensavo fosse compito mio creare la giusta atmosfera per il Festival. Così avevo passato tutte le notti di quella settimana a prepararmi un bellissimo corsetto elisabettiano che strizzava le mie minuscole tette in un decolleté di tutto rispetto. Lo abbinai a dei leggings superaderenti effetto bagnato, a una gonna di gabbia, modello elisabettiano, che Quoth mi aveva aiutato a costruire, e alle mie Docs preferite.

«Bau.» Oscar si sedette davanti allo specchio mentre io mi cambiavo.

Gli diedi una pacca sulla testa. «Non preoccuparti, piccoletto. Ora penseremo anche al tuo costume.»

Mentre legavo il volant al collare di Oscar e aggiungevo le

campanelle da giullare alla sua pettorina, Quoth scese dalla sua stanza. Indossava la solita camicia nera e i capelli corvini gli ricadevano sulle spalle in una lucente cascata. Quando mi vide fece una risatina strozzata. Mi circondò la vita con le braccia e mi tirò a sé.

«Sei un sogno,» sussurrò. «Non sono mai stato pazzo, se non in occasioni come questa, quando il mio cuore viene toccato da te.»

«Sì, sì. Parli bene, ma anche tu non sei per niente male eh?» Gli sfiorai le labbra con le mie. Quoth infilò le dita nei buchi della gabbia e mi tirò verso di sé, schiacciandomi addosso a sé. Le sue labbra, calde e affamate, divorarono le mie.

Io risposi avvicinandomi di più e baciandolo con più passione, mentre gli passavo le dita tra i capelli. Lui mi appoggiò dei delicatissimi baci sulle labbra, sul collo, sulla mascella, assaggiandomi la pelle come se fosse caduto vittima di una misteriosa malattia e io fossi l'unica medicina.

Il mio uccellino. Mi sei mancato.

Era la prima volta da quando l'avevo riportato indietro che mi toccava in quel modo, che le sue dita danzavano sulle mie curve e mi sfioravano il bordo del seno. Quando le sue labbra ritrovarono le mie e le nostre lingue si intrecciarono, assaporai il Quoth che avevo sempre conosciuto, spogliato di quel senso di colpa che si era portato dietro per troppo tempo. Aveva abbandonato tutto quel dolore per rivelare la bellissima anima sottostante.

E non era l'unico che la magia del nostro legame aveva messo a nudo. Quando sprofondai tra le sue braccia, tutto lo stress degli ultimi due giorni si allentò. *Possiamo anche arrivare un po' in ritardo per l'inaugurazione. Potrei portarlo di sopra, fargli aprire questa gabbia e...*

«Che è questa cosa grinzuta, in così sconce vesti che non pare persona di questa terra, eppure vi cammina sopra?»

Le citazioni shakespeariane non erano rare in quella libreria, ma che Heathcliff Earnshaw parlasse con tanto soffocato stupore... Strappai le labbra da Quoth, alzai lo sguardo e mi mancò il respiro.

Heathcliff, sulla soglia della sua stanza, era vestito con un abito scuro che gli accentuava le spalle larghe e gli occhi di ossidiana. Era girato verso la fine del corridoio, dove diverse lampade illuminavano Morrie in tutto il suo splendore, in posa in un kilt scozzese, mentre reggeva tra le lunghe dita la spada che avevo usato per uccidere Dracula.

«Fuori dalla mia vista,» dichiarò Heathcliff, agitando le mani verso kilt. «I miei occhi vengono contaminati al sol guardarti.»

«Voi, mio bel principe, siete così acido che al vostro cospetto appare acida anche l'uva matura.» Morrie bloccò al muro il braccio di Heathcliff e si avvicinò per baciarlo con violenza. Heathcliff urlò di protesta ma non gli si negò e duettarono così, ognuno che voleva avere la meglio, mentre il loro bacio diventava sempre più appassionato e l'aria intorno crepitava di un fuoco invisibile.

«Dovremmo... andare... all'inaugurazione...» Intervenni ansimando, mentre Quoth mi baciava il collo. Poi mi infilò una mano tra le cosce, stuzzicandomi da sopra il tessuto dei leggings. Ero bagnatissima.

«Sì, sì. Non vorremmo mai arrivare in ritardo. Sarebbe davvero indecente da parte nostra. Inoltre, qui fa un po' fresco.» Morrie si allontanò da Heathcliff e mise una gamba sul tavolo, ondeggiando il bacino in modo che Heathcliff avesse una chiara visuale di ciò che c'era sotto il kilt.

«Ma come sei vestito?» Heathcliff lo fissò con orrore, anche se notai la tensione nella sua voce. Le dita di Quoth mi accarezzarono più rapide, premendo da sopra il tessuto.

«Questo è il mio costume per la recita,» rispose Morrie

tutto orgoglioso, per poi afferrarsi i bordi del kilt e fare un inchino. «L'ha fatto Mina ed è meraviglioso. Anche se stasera non recito, voglio che tutti i partecipanti al Festival conoscano l'affascinante e diabolica canaglia che interpreterà Macbeth.»

«E quante volte pensi di pronunciare la parola "Macbeth" stasera?» gli chiesi senza fiato, mentre l'abile dito di Quoth mi provocava un intenso piacere ardente tra le gambe. Mi cedettero le ginocchia.

«Circa tre dozzine.» Morrie mi tese un braccio. «Forza, venite, voi due furbacchioni, non possiamo certo far aspettare il nostro pubblico.»

«Ancora un attimo,» disse Quoth. Allungò una mano e mi sollevò il mento, inclinando il capo per meglio affondare nella mia bocca, mentre continuava a muovere il dito in rapidi cerchi. Io gridai tra le sue labbra, con le gambe che cedevano e un'ondata di calore che, scorrendomi nelle vene, mi mandò in pappa il cervello e mi trasformò le membra in budino.

Morrie schioccò la lingua con disappunto, aiutando Quoth a rimettermi in piedi. «Mina, mi sorprende che tu stia qui a perdere tempo quando abbiamo un evento molto importante a cui partecipare. E se stasera qualcuno venisse ucciso e noi non fossimo lì, come potremmo risolvere il caso?»

«L'unica persona che verrà uccisa sarai tu, dopo che avrai fatto eseguire a tutti gli attori la danza della maledizione scozzese per diciassette volte.» Diedi una pacca sulla spalla a Morrie e afferrai l'imbracatura di Oscar. Mentre scendevo le scale mi resi conto che tutti e tre i miei ragazzi sembravano piuttosto impacciati.

Ti prego, fa' che l'inaugurazione avvenga senza intoppi. Ti prego, fa' che la cosa peggiore che accadrà stasera sarà un grave caso di arrapamento estremo. In questo momento non potrei sopportare altri omicidi.

7

Puck ci aspettava in fondo alle scale, già in costume. L'avevo vestito di velluto verde, con foglie che gli mettevano in evidenza le braccia e le spalle. Tra i capelli aveva dei rami di vite e dei fiori intrecciati e, se negli occhi non avesse avuto quel luccichio da folletto malefico, avrei quasi pensato che fosse carino.

«Ehi, Spirito, dove te ne vai?» mi apostrofò.

«Tiratemelo via,» sentii dire a mia nonna da qualche parte nella penombra. «Gli graffierò gli occhi. Gli sfilerò, un filo alla volta, la lana dal suo maglione preferito. Gli strapperò la lingua, la masticherò e la vomiterò sul tappeto e poi me la mangerò di nuovo...»

Io lanciai un'occhiata a Puck. «Cosa le hai fatto?»

«Questa donna è come un guanto,» ribatté lui, citando Lafeu da *Tutto è bene quel che finisce bene*, perché a quanto pare tutti stavamo leggendo il libro di insulti shakespeariani di Heathcliff. «Si infila e si sfila a piacere.»

«Ovvio. È un gatto. Ma cosa le hai fatto?»

«Mi stavo facendo gli affari miei, e inseguivo un pezzo di

corda sotto gli scaffali, e lui ha trasformato la corda in un serpente» gridò Grimalkin. «Mi ha morso il naso!»

Mi chinai, scostando il bordo della tovaglia. Un paio di occhi gialli mi fissavano dalla penombra, e riuscii a scorgere le spalle ingobbite di mia nonna, pronta a colpire.

«Fa davvero male,» si lamentò Grimalkin.

«La ruota della giustizia gira sempre per tutti,» ribatté Puck. «Lei mi aveva messo un topo morto sul cuscino.»

«E farò anche di peggio.» Grimalkin mi strappò di mano l'angolo della tovaglia. Un attimo dopo, un gatto nero sfrecciò verso di noi. Piantò tutte e quattro le zampe sul tappeto e, con la schiena inarcata e il pelo arruffato, sollevò lo sguardo verso Puck ed emise un sibilo furioso.

Puck la scansò e corse verso la porta. Grimalkin gli andò dietro, cercando di afferrargli i talloni con gli artigli.

«Andiamocene, prima che spunti il giorno,» gridò Puck correndo in strada.

«Mi hai letto nel pensiero.» Heathcliff mi tese il braccio e io lo presi volentieri per uscire nella notte. Morrie ci seguì fischiettando, mentre roteava la spada in aria. Quoth chiuse il negozio a chiave e quando si mise al mio fianco, infilò la mano nella mia.

Puck ci precedeva zoppicando, con una caviglia dolente dove Grimalkin aveva lasciato il segno. Mia nonna si acciambellò sulla tenda da sole della panetteria di Oliver, a leccarsi le zampe con l'autocompiacimento tipico di un gatto.

Percorremmo Butcher Street e attraversammo in fretta il parco. Il villaggio era per lo più al buio e tutti si erano già avviati verso il Nuovo New Globe, ma sotto i lampioni vedevo il signor Rasmussen che cacciava via gli ultimi ritardatari, ancora in attesa di dare una sbirciatina al First Folio.

«Odio davvero quell'uomo,» dissi.

«È tornato a navigar lontano dall'opinione della mia

padrona» aggiunse Heathcliff. «E lì resterà, in bilico come un ghiacciolo sulla barba di un olandese.»

«Buona questa,» disse Morrie. *La dodicesima notte?*»

Heathcliff annuì con orgoglio.

«Volete che gli faccia un incantesimo?» intervenne Puck. «Potrei trasformarlo in un rospo. O in un tricheco. O magari potrei farlo innamorare di te. Sono piuttosto bravo con gli incantesimi d'amore. Poi farà tutto quello che gli dirai.»

Rabbrividii. «Grazie, Puck, ma non serve la magia per risolvere questo problema. La Libreria Nevermore non ha paura di un po' di bonaria competizione.»

«Sono d'accordo,» disse Morrie. «Però non disdegniamo nemmeno qualche bonario sabotaggio.»

Morrie e Puck dedicarono il resto del tragitto verso la scuola a suggerire metodi di vendetta sempre più elaborati contro Rasmussen e la sua libreria. Anche Heathcliff partecipò con alcune proposte diaboliche, che prendevano in causa principalmente i testicoli di Rasmussen e vari strumenti di tortura medievale. Io e Quoth camminavamo un po' indietro rispetto agli altri, e Oscar trotterellava obbediente davanti a me.

Appoggiai la testa sulla spalla di Quoth. «So che sono tutti preoccupati di Rasmussen,» dissi. «Ma io sono preoccupata per te.»

«Ti prego, no.» Mi strinse la mano. «Io sono perfettamente soddisfatto.»

«Sul serio? Quoth, hai avuto un'esperienza straziante con Dracula, e puoi anche sfoderare quel tuo bel sorriso e dire che stai bene, ma non è che io ci debba per forza credere. Il tuo corpo non era più tuo. Praticamente è stata un'invasione, quella che ha fatto Dracula, e non puoi continuare a prenderti tu la colpa.»

«Mina, sto benissimo.»

«Non ci credo. Penso che ti sentiresti meglio se parlassi con qualcuno...»

«Non esistono terapeuti per i personaggi di fantasia,» replicò Quoth. «E anche se ci fossero, non avrei proprio nulla da dire. Tu, Morrie, Heathcliff e il negozio siete tutto ciò di cui ho bisogno.»

«Ti addossi ogni colpa,» sussurrai. «Lo vedo. Lo sento nella tua voce. Credi di essere tu il responsabile per quello che è successo.»

«Perché così è stato.»

Lo disse con tale semplicità, senza traccia di speranza o desiderio, che sapevo che era una verità in cui credeva fermamente. E questo mi fece spuntare le lacrime.

«No, Quoth, non è vero. Non puoi sentirti responsabile per quello che ha fatto Dracula. Ha manipolato davvero tante persone. Pensa a Grey Lachlan e a tutte le cose orribili che ha fatto quando era sotto il suo incantesimo. Nessuno gli dà la colpa per niente, perché non era in sé. Anche quando eravamo alla galleria d'arte e mi hai attaccato... io sapevo che non eri tu. Stavi cercando di combattere contro il suo potere e alla fine hai rinunciato alla tua vita per salvare me. Non ho mai dovuto perdonarti, perché non c'è nulla da perdonare, però ora tu devi trovare il modo per perdonare te stesso.»

«Ci provo. Mi alzo ogni mattina e mi riprometto che ogni giorno sarà migliore dei precedenti, che farò così tanto bene da riuscire a guardarmi allo specchio senza provare il desiderio di strapparmi gli occhi. Ma la verità è che delle persone sono morte a causa di ciò che ho fatto, perché mi sentivo solo e inutile, e non avevo nulla di valore da offrire a te, o a chiunque altro. Poi è arrivato lui e mi ha fatto sentire desiderato, così sono diventato la persona che più temevo di essere e...» Le tristi parole di Quoth si interruppero mentre fissava davanti a sé e accelerò il passo. «Mina, lo vedi? È fantastico.»

«Certo!» Eravamo arrivati ai margini del campo della scuola. Il teatro era pieno di luci colorate, il che significava che nell'oscurità riuscivo a distinguere le linee della sua forma. Intorno a noi, la gente chiacchierava entusiasta delle varie recite, e del First Folio, e si gustava un buon bicchiere di sidro nella birreria all'aperto. Passammo davanti alla fila di persone che aspettavano di prendere posto e salimmo direttamente sulla scala nascosta dietro il palco, con Morrie e Puck che ci facevano strada.

Il Nuovo New Globe consisteva in tre livelli di posti a sedere, disposti in cerchio intorno al palco rettangolare in legno. All'epoca di Shakespeare i posti in galleria erano per gli spettatori più ricchi, che spesso pagavano un extra per avere un cuscino che rendesse le panche di legno più comode. Le gallerie sopra il fondale del palcoscenico, chiamate Lord's Rooms, permettevano alla nobiltà di guardare gli attori dall'alto e di essere visti da tutti i presenti. Di fronte al palcoscenico, al centro del cerchio, c'era l'arena, dove stavano i *groundlings*, cioè chiunque volesse assistere alla rappresentazione stando in piedi, al prezzo di un solo penny. Sembrava il posto perfetto per me: vicinissimo agli attori. Ed era da lì che avremmo assistito alla maggior parte delle rappresentazioni. Tra l'altro, l'azione spesso si spostava dal palco all'arena, proprio come i moshpit, a cui ero abituata dagli spettacoli punk e metal.

Ma quella sera avevamo prenotato dei biglietti speciali. Morrie mi passò davanti e spalancò la porta del primo dei palchetti. «Dopo di lei, milady.»

Oscar mi condusse fin dentro, indirizzandomi verso una sedia con un cuscino di velluto, proprio accanto alla finestra che guardava sul palcoscenico.

«È una figata.» Mi sporsi in avanti. Le luci del palcoscenico illuminavano le scenografie colorate di Quoth e la folla che si radunava nell'arena e nelle gallerie tutto intorno. Avrei dovuto allungare il collo per vedere gli attori, che sarebbero stati rivolti verso il pubblico e quindi di spalle a noi, ma non è che ci vedessi granché, quindi per me andava bene anche così. Preferivo di gran lunga sentirmi una nobile elisabettiana per una sera, con i miei tre uomini, il mio cane e un folletto fastidioso.

Una figura robusta si sedette accanto a me e un piatto pieno di cibo mi passò sotto il naso. «La signora Ellis ci ha lasciato un bel banchetto,» disse Heathcliff mentre mi porgeva un piccolo pasticciotto di carne da assaggiare. «Ho sempre detto che quella vecchia befana mi piace.»

«Non hai mai detto niente del genere,» lo stuzzicai, quindi aprii la bocca per accettare la delizia. La signora Ellis si era impegnata alla grande per la cerimonia di apertura, e aveva preparato un tagliere misto, con formaggi locali e la salsiccia affumicata di Richard, oltre a piccoli brownies al cioccolato e degli scone della pasticceria di Oliver.

Heathcliff si agitò inquieto sulla sedia e capii che stava ancora pensando a quello che era successo a casa. Tenere le mani lontane l'uno dall'altra per le due ore dello spettacolo sarebbe stato duro (chiedo scusa: tipica battuta alla Morrie).

Heathcliff si avvicinò con la sedia e mi posò il piatto sulle ginocchia per cingermi le spalle. «C'è la tua amica del negozio in prima fila. Quella che parla da sola.»

«Si chiama Bree.» Feci un cenno verso dove pensavo stesse indicando. Da quella distanza non distinguevo i volti.

«Hai appena salutato il pilastro,» commentò Heathcliff. Io sbuffai. È necessario avere un certo senso dell'umorismo quando si diventa ciechi.

«Guarda chi ha il palchetto proprio di fianco a noi,» mi disse Morrie dandomi una gomitata sul braccio. Non potevo guardare, ovviamente, ma potevo ascoltare. E da oltre il muro mi arrivò una voce inconfondibile.

«...Un ottimo incasso come primo giorno del Festival,

Lawrence. Questo mio piccolo progetto si rivelerà il più redditizio di quelli intrapresi finora. Sapevo che era arrivato il momento di uscire da Londra: questi bifolchi di campagna apprezzeranno ogni minima traccia di cultura che riusciranno a trovare.»

Il signor Rasmussen. Il nostro nemico giurato.

E, da quello che diceva, stava tramando *qualcosa*.

«...Voglio dire, *guarda* questo evento,» continuò il signor Rasmussen, a voce abbastanza alta da essere udito da tutti noi. «Non ho dubbi che un teatro pop-up sia un'idea interessante, però è rovinata dalla recitazione amatoriale, dalle buffonate carnevalesche e dalla totale mancanza di classe e buon gusto. La donna che dirige il Festival non riconoscerebbe la cultura nemmeno se le arrivasse dal cielo, direttamente sul cappello di paglia.»

«Basta così. Nessuno insulta il nostro villaggio o la signora Ellis, tranne me.» Heathcliff strinse le mani a pugno. «Vuoi che vada lì, che faccia come Shylock, e che riporti a casa una libbra di carne di idiota?»

«Prendi la mia spada.» Morrie gliela tese. «È bella affilata. Se fai un taglio netto, con la pelle potremmo farci dei cuscini.»

Le voci si ridussero a un sussurro. Forse ci avevano sentito.

Gli sta bene. Spero che stanotte non riesca a dormire per la preoccupazione che questi bifolchi di campagna vengano a scuoiarlo vivo.

«Potrei volare di là,» mormorò Quoth. «E origliare quello che stanno dicendo.»

«Non c'è bisogno.» Mi sistemai meglio sulla sedia. Accarezzai il collare di Oscar mentre premevo l'orecchio sul sottile compensato che separava i box. «Ci penso io.»

In genere si pensa che le persone cieche abbiano i sensi più acuti, ma è un'idea sbagliata. Non è che si perda la vista e si diventi improvvisamente Daredevil, però è vero che si impara a usare gli altri sensi in modo diverso. Io ero diventata abbastanza brava a isolare i singoli suoni nel mezzo di una cacofonia di rumori, il che significava che mi risultava facile origliare la conversazione del signor Rasmussen nel brusio del teatro affollato.

«...Non preoccuparti,» stava dicendo Rasmussen. «Non è che questo sia un villaggio di studiosi e gentiluomini. Hai visto anche tu quella vecchia topaia che chiamano libreria. Qui siamo totalmente al sicuro.»

Al sicuro? In che senso "al sicuro"?

«So solo che mi sentirei meglio se togliessimo il libro dall'espositore,» replicò Lawrence Delacroix. «Non c'è bisogno di attirare tutta questa attenzione sulle nostre teste, no? Jasper, sai che lo dico solo per come mi sento per...»

«Non ora, Lawrence,» lo interruppe il signor Rasmussen, con quella voce roca e brusca. «La cerimonia sta per iniziare.»

E così fu. Le luci cambiarono, affievolendosi nelle gallerie fino a quando non ci trovammo al buio. Dal tetto aperto, arrivava la luce delle stelle che scintillavano sullo sfondo del cielo notturno. Per fortuna, il famoso tempo britannico fu clemente, e in cielo non c'era nemmeno una nuvola.

All'improvviso, una musica inquietante e uno scalpiccio sul palcoscenico mi lasciarono senza fiato. Anche se non vedevo nulla, avevo assistito a diverse prove per sapere che tre figure vestite di nero si stavano accalcando intorno a un calderone, che si illuminava lentamente di fiamme arancioni brillanti tra gli *oooh* e gli *aaah* del pubblico.

Quoth aveva lavorato al calderone per tutta la giornata precedente e aveva montato delle luci LED arancioni al suo interno, in modo che un'inquietante luce tremolante venisse proiettata sui volti della signora Ellis, di Cynthia Lachlan e di mia madre, che indossavano nasi adunchi e avevano delle pustole finte sul viso. Dalla nostra posizione sopra il palcoscenico, tutto ciò che riuscivo a distinguere era il cerchio arancione brillante del calderone, e ombre di mani che vi si muovevano sopra. Un effetto che mi produsse un delizioso brivido lungo la schiena.

«Doppia, doppia fatica e dolore,» disse mia madre. «Brucia fuoco, e ribolli calderone.»

«Filetto di serpe di palude, mettilo a cuocere nel marciume,» disse la signora Ellis ridacchiando. «Occhio di tritone e zampa di rana, lanuggine di pipistrello e lingua di cane...»

Il respiro di Morrie mi solleticò l'orecchio. «Macbeth.»

«Zitto.»

Mentre le streghe lanciavano il loro incantesimo, le luci si alzarono lentamente e la band partì con un allegro motivetto. Tra gli applausi e le urla del pubblico, le tre Sorelle Fatali corsero sul davanti del palcoscenico, si tolsero il mantello nero a rivelare la loro biancheria intima rossa sbrilluccicante e si misero a fare un balletto hip-hop molto sexy sulle note di *Bad Moon Rising* dei Creedence Clearwater Revival. Dato che tutti quei fischi famelici erano rivolti anche a mia madre, fui ben felice di non riuscire a vedere altro oltre la tesa nera del suo cappello da strega. Essere ciechi aveva i suoi vantaggi.

Quando le Sorelle Fatali finirono il loro numero, uscirono di scena danzando tra gli applausi e un'altra figura fece il suo ingresso. Si trattava di Miles Stapleton, splendido nella sua tunica in broccato d'oro. Una volta che gli applausi furono scemati, prese il microfono.

«Vorrei ringraziare tutti voi per il vostro sostegno al Festival shakespeariano di Argleton e alla stagione inaugurale del Nuovo New Globe Theater. Per le prossime tre settimane abbiamo in serbo per voi un programma entusiasmante di eventi, tra cui rappresentazioni quotidiane a rotazione di tre delle opere più amate di Shakespeare: *Macbeth, Sogno di una notte di mezza estate* e *Romeo e Giulietta*. Ospiteremo anche una serie di conferenze tenute dal nostro studioso di fama mondiale, un menu a tema shakespeariano e una serata quiz al Rose & Wimple. Ci sarà anche una grotta fatata per i bambini e persino il nostro First Folio in mostra nel villaggio. Proprio così: un bel colpo. Per dare un'occhiata a questa meraviglia, visitate la Libreria Rasmussen, la libreria ufficiale del Festival, presso il parco, e al termine dello spettacolo dirigetevi allo stand Rasmussen nella birreria all'aperto: troverete prodotti a tema Bardo.»

Digrignai i denti. Morrie mi strinse una coscia.

«Pazienza, bellezza. Non permetteremo a questo demonio di rovinarti la festa.»

La testa di Puck sbucò tra di noi. «Potrei versargli una delle mie pozioni sugli occhi e trasformarlo in...»

«No,» urlammo all'unisono io, Heathcliff e Quoth.

Riportai la mia attenzione sul palco. Miles si era spostato verso il bordo, e la sua voce tuonava. «Stasera abbiamo messo insieme una piccola vetrina di tutto ciò che il Festival ha da offrire: una carrellata, se così si può dire, di scene tratte da tutte e tre le opere. Ma prima, cerchiamo di collocare il Bardo nel suo contesto e di conoscere un po' la sua vita. Senza ulteriori indugi, vorrei dare il benvenuto alla "Signora Bardata di Argleton": Zenzile Monroe, ahahah.»

Quando gli addetti al palcoscenico portarono due sedie e Zen salì sul palco con il suo costume da Lady Macbeth, partì un grande applauso. Lei fece un profondo inchino e si lasciò accompagnare al suo posto da Miles. Nel palchetto accanto al mio, sentii Rasmussen sibilare qualcosa sottovoce.

«Bene, Zen, non credo che tu abbia bisogno di presentazioni,» disse Miles. «Sei la direttrice del nostro amato Museo shakespeariano e uno dei miei consulenti storici per la costruzione del Nuovo New Globe. Molte persone tra il pubblico stasera ricordano Shakespeare come quel tipo noioso delle lezioni di inglese a scuola, che usava un sacco di parole buffe. Potrebbero pensare che una rassegna che celebra le sue opere non sia adatto a loro. Potresti invece spiegare a tutti perché adoreranno ciò che abbiamo preparato?»

«Grazie, Miles. Certo che posso. Contrariamente a quanto pensano *alcune persone*,» le parole di Zen erano affilate come un coltello, «Shakespeare dovrebbe essere apprezzato da tutti. Non è assolutamente vero che si deve conoscere a fondo la letteratura per capirlo.»

Dal palchetto accanto sentii il suono di uno sbuffo beffardo.

Zen continuò. «Shakespeare scriveva per le masse, per la gente comune, per coloro che pagavano solo un penny per assistere allo spettacolo da qui.» Un boato si levò dall'arena e per un attimo desiderai essere anch'io lì sotto. «Ecco perché ritengo incredibile che il suo First Folio finisca nelle mani di un collezionista privato e non in un museo dove tutti potrebbero goderne.» Fece una pausa. «Mi fa arrabbiare così tanto che potrei *uccidere*.»

«L'omicidio, ovviamente, è un tema chiave in molte delle opere di Shakespeare. Puoi parlare con questo...»

Nel loro discorso Zen e Miles toccarono un sacco di argomenti interessanti e quando ebbero finito, gli attori di *Romeo e Giulietta* uscirono per recitare la scena di un accesissimo combattimento, correndo di qua e di là tra gli spettatori in piedi e arrivando persino sopra, nel nostro palco privato, tra l'entusiasmo generale. Io risi e applaudii insieme a tutti, ma le parole di Zen non facevano che tormentarmi.

Come lei, anche io detestavo Rasmussen, e il suo atteggiamento secondo cui i libri dovessero essere riservati all'élite mi faceva star male, ma il modo in cui Zen aveva pronunciato la parola uccidere...

...Era come se lo pensasse davvero.

8

Durante l'intervallo scendemmo alla birreria, dove le tre Streghe tenevano banco.

«Mamma, sei stata fantastica.» La abbracciai forte. Dietro di lei, il suo ragazzo, Andy l'Aggiustino, non smetteva di sorridere radioso mentre le stringeva possessivo un braccio e le dava pizzicotti sul sedere.

«Oooh, mascalzone.» La mamma gli diede uno schiaffo per scherzo.

Io strinsi il guinzaglio di Oscar: non ero molto sicura di come sentirmi riguardo alle effusioni tra mia madre e Andy in pubblico, soprattutto dopo che avevo sentito nella voce di mio padre l'amore per lei, e dopo aver scoperto che pensava ancora a lei. Ma lui era il poeta Omero, che viaggiava nel tempo, e lei era una lettrice di tarocchi di mezza età che mi aveva cresciuta da sola, quindi, tutto sommato, si meritava qualcuno che la rendesse felice. «E il costume ti sta bene?»

«Mina, è perfetto.» Mia madre si passò le mani sulle paillettes rosse, sculettando in un modo che mi fece sentire vagamente nauseata. «Hai un vero talento. Sono così felice che tu riesca ancora a lavorare nel campo dell'abbigliamento.»

«Anch'io.» Le sorrisi. «Spero che il Festival andrà bene e il Nuovo New Globe andrà in tournée: Miles potrebbe chiedermi di seguire gli spostamenti per aiutare con il guardaroba...»

Fui interrotta da una slinguazzata rumorosa tra Andy e mia madre. Intuendo che avevo bisogno di essere salvata, Morrie si intrufolò nel nostro gruppo, seguito da Puck.

«Salve, signora Wilde. È un piacere rivederla.» Morrie strizzò l'occhio a Puck. «Non vedo l'ora di recitare insieme, nel *Macbeth*.»

«Aargh!» Puck si afferrò i capelli e ricominciò a fare la sua folle danza.

«Cosa sta facendo?» Mia madre lo guardò accigliata.

«È una vecchia superstizione teatrale,» spiegò Morrie. «Deve farlo ogni volta che io dico *Macbeth*.»

«Ti prego, smettila,» gridò Puck mentre girava più veloce e agitava le mani in modo selvaggio.

«Cos'è successo?» chiese soave Morrie. «Vuoi che la smetta di dire *Macbeth*?»

«Aaaargh!»

Puck uscì dal teatro per metà correndo e per metà saltellando. Io e Morrie scoppiammo a ridere.

«Ti stavo cercando, bellezza.» Morrie mi piazzò un bicchiere in mano. «Ti ho preparato un cocktail. Si chiama Romeo e Mimosa.»

«Sei il mio eroe.» Presi il bicchiere e Morrie mi prese a braccetto, allontanandomi da mia madre e da Andy, che non sembrarono per nulla turbati dal nostro allontanamento.

«Propongo di saltare il secondo tempo,» disse Morrie piegando la testa per sussurrarmi parole deliziose all'orecchio. «Voglio riportarti alla Nevermore per sganciare i lacci del tuo corsetto con una lentezza così esasperante che mi implorerai di scoparti. Perché tu, Mina Wilde, con questo costume addosso, sei la mia maledettissima fantasia.»

A tali, indecenti, parole avvertii un brivido di eccitazione percorrermi dalla testa ai piedi. Feci per andare a prendere Heathcliff e Quoth per tornare di corsa alla Nevermore, ma Morrie mi fermò.

«Prima, però, credo che ci sia qualcosa che dovresti vedere.»

Condusse me e Oscar attraverso la birreria fino a un gruppo di persone che si accalcavano intorno a un tavolo. Mi infuriai perché sapevo esattamente cosa succedeva a quel tavolo: non più tardi di una settimana prima, la signora Ellis mi aveva mostrato quello spazio e mi aveva detto che lì si sarebbe insediato il banchetto della Libreria Nevermore. Invece, c'era il signor Rasmussen tutto tronfio e con un atteggiamento imperioso, che monopolizzava tutti i nostri clienti.

«Forse non lo vedi,» sussurrò Morrie, «ma non c'è nessun libro in vendita.»

Cosa?

Niente libri?

«Ma lui è il libraio ufficiale del Festival,» osservai. «Il senso di essere il libraio ufficiale è proprio quello di essere a tutti gli eventi, con dei libri che i presenti possono acquistare. Ecco perché il nostro magazzino è pieno di tomi shakespeariani e di volumi eruditi scritti da Zen. Lui invece cosa sta facendo?»

«È molto deludente,» commentò Cynthia Lachlan nel passarci davanti. «Volevo comprare un libro di giochi per mia figlia, ma quel tizio non fa altro che distribuire questi.»

Mi mise in mano qualcosa. Lo passai a Morrie e lui lo lesse ad alta voce. Si trattava di un opuscolo che invitava le persone a visitare la libreria di Rasmussen per vedere, a pagamento, il First Folio e gli altri tesori della loro collezione. Inoltre, "solo per persone seriamente interessate" c'era la possibilità di andare a vedere i libri in privato, per discuterne il prezzo. Che schifo.

Intorno a me sentivo voci di persone deluse che volevano

comprare libri, ma non potevano. Erano le mie persone, i miei clienti, e mi dava fastidio che perdessero l'opportunità di immergersi nella cultura shakespeariana solo perché Rasmussen era uno snob.

«Signora Ellis,» chiamai. Lei apparve al mio fianco in un lampo, con la sua cartellina da direttore tra le mani. «Il signor Rasmussen non ha libri in vendita.»

«Oh, vero.» Fissò il tavolo accigliata. «Ha detto che non è riuscito a rifornirsi in tempo, quindi sta promuovendo il First Folio.»

«Hanno dato il ruolo di libraio a un tizio che sembra deciso a non vendere libri, che odia i cittadini di questo villaggio, e non a Mina, che ha sempre sostenuto ogni singola bizzarria di questo villaggio,» sbottò Heathcliff mentre ci raggiungeva, con la voce di chi stava per esplodere.

«Tranquillo, Heathcliff,» dissi. «Quello che conta non è chi gestisce la bancarella. Ma che le persone si divertano al meglio al Festival shakespeariano, e questo vuol dire anche acquistare i libri che vogliono leggere. Rasmussen non ha scorte, mentre noi abbiamo un magazzino pieno di libri che non possiamo vendere. Domani andremo da Rasmussen prima dell'apertura e gli parleremo da persone civili di come collaborare per il successo della manifestazione.»

«Oh, Mina, sarebbe meraviglioso.» La signora Ellis mi diede un bacetto sulla guancia. «Sarebbe un sollievo per me non dovermi sorbire le lamentele di chi non è riuscito ad acquistare niente.»

«Quindi niente pugnalate?» Heathcliff sembrava deluso.

«Niente pugnalate.» Puntai il dito sul petto di Puck. «E tu non lo trasformerai in un asino.»

«E in una volpe?» chiese Puck. «Magari lo potresti indossare come stola?»

«Non trasformerai nessuno in nessun animale. E nemmeno in piante in vaso. Né in rimorchiatori,» ringhiai. «Risolveremo la questione da adulti. Ora, levati dai piedi per il resto della serata, perché io vado a casa e i miei fidanzati mi scoperanno fino a farmi uscire di testa.»

9

Quando la sveglia suonò, io ero immersa in sogni di Heathcliff che indossava un paio di brache (mia personalissima opinione: tutti gli uomini stanno meglio in brache). Mi girai e schiacciai il pulsante che mi leggeva l'ora con una vocina metallica da intelligenza artificiale.

Sono le 6:45.

Perché cazzo la sveglia è impostata alle 6:45?

È uno degli scherzi di Morrie?

Allungai la mano per spegnere quel dannato aggeggio, poi mi ricordai con un sussulto che ero *io* l'artefice della mia stessa rovina. Ero io che l'avevo impostata a quell'ora ingrata. Dovevamo parlare con il signor Rasmussen. Dopo i tre Romeo e Mimosa e il sesso incredibile che avevamo fatto, mi era del tutto sfuggito.

Ora ero sveglia e avevo la mente in fermento. Avevo tantissime idee su come le nostre due librerie avrebbero potuto collaborare per rendere quel Festival il migliore di sempre.

Era l'occasione che aspettavo per mettermi in mostra come

Mina, la donna d'affari. La Libreria Rasmussen sarebbe rimasta in circolazione molto più a lungo del Festival e il signor Rasmussen aveva ragione nel dire che i nostri negozi si rivolgevano a clientele diverse. Potevamo completarci a vicenda, anziché competere.

Vuoi davvero lavorare con quell'uomo? Una vocina irritante nella mia testa mi ricordava quello che avevo sentito la sera prima a teatro. Sembrava che Rasmussen e il suo apprendista stessero tramando qualcosa di losco e, se era vero, non volevo che la Nevermore ne fosse coinvolta.

Ma non c'è niente di male ad andare a parlargli. Non gli stiamo chiedendo di aiutarci a rapinare una banca. Piuttosto, se riuscissimo a smerciare un po' di libri, sarebbe di sicuro un bell'aiuto per pagare le bollette di questo mese.

Mi misi a sedere e tastai le lenzuola. Heathcliff era ancora a letto, con un enorme braccio appoggiato, protettivo, sul mio petto. Sia Morrie che Quoth si erano già alzati. La cosa non mi sorprese. Quoth si levava spesso con il sole: probabilmente stava dipingendo nel suo studio in soffitta. E immaginai che Morrie si stesse occupando del caffè. Al mio genio criminale piaceva arrivare da Oliver prima della folla, in modo da scegliere per primo le focaccine.

«Alzati.» Diedi una gomitata all'orso addormentato accanto a me.

«No,» rispose burbero lui da qualche parte tra le coperte. «Voglio restare qui, dove non ci sono clienti, né fidanzate pazze che mi costringono a indossare abiti con volant.»

«Parleremo con Rasmussen. Su. Su. Su.» Lo colpii in testa con il cuscino. Morrie fece capolino dalla porta, con due tazze di caffè fumante.

«Oh, lotta con i cuscini. Voglio giocare anche io.» Mise giù le tazze e si buttò sul letto per afferrarmi.

«Non stavo...» Ma le mie proteste furono soffocate dalle labbra di Morrie: calde, possessive e totalmente al comando. Mi baciò così forte che mi lasciai andare. Quando James Moriarty prendeva l'iniziativa con labbra, mani e corpo, io cedevo tutte le armi.

Però, prima che me ne rendessi conto, mi strappò il cuscino di mano e mi colpì sulla schiena.

«Uff. Oh, no, non ci posso credere. Tu vuoi la guerra.» Strappai l'altro cuscino da sotto la testa di Heathcliff e lo usai contro Morrie. Piume volarono ovunque. Morrie colpì di nuovo, ma io mi appiattii contro il letto e lui mi mancò. Poi, mentre si preparava per colpirmi di nuovo, lo afferrai al volo, e gli feci perdere l'equilibrio. Lui gridò per la sorpresa.

«Vuoi giocare sporco, bellezza?» Un sorriso gli tese le labbra mentre afferrava il bordo del piumone, pronto a strapparlo via dai nostri corpi nudi.

«Ehi, non scherzare. Lei è mia.» Heathcliff mi afferrò per la vita e mi tirò in modo da avere la mia schiena premuta contro il suo petto sodo. Poi inclinò la testa sopra la mia spalla per reclamarmi la bocca in un bacio brutale, le sue mani che si davano da fare sul davanti della mia camicia da notte e aprivano i bottoni uno a uno. Con le dita mi pizzicò un capezzolo fino a farlo diventare una dura pallina ipersensibile, con cui giocò in quel suo modo crudele, finché io, senza smettere di baciarlo, sussultai.

«E voi due siete entrambi *miei*.» Morrie lasciò cadere il piumone e gattonò sul letto. Afferrò Heathcliff per il collo e inclinò la testa, divorandolo come se fosse una bistecca succulenta e lui fosse a digiuno da giorni.

La relazione tra Morrie e Heathcliff era ancora una cosa nuova per me, ma condividerli quando erano così su di giri non era affatto un problema.

I due si voltarono verso di me con uno sguardo famelico, e mi sentii sciogliere dentro. Morrie mi si premette addosso, stringendomi tra il suo corpo atletico e il robusto e largo torace di Heathcliff.

«Non abbiamo tempo per questo,» ansimai.

«Allora sarà meglio fare in fretta,» replicò Morrie con un sorrisetto. «Che ne dici, Lord Brontolone? Vuoi battere con me il record per il numero di volte in cui riusciremo a farla venire in meno di dieci minuti?»

«Sfida accettata,» ringhiò Heathcliff appoggiato al mio orecchio.

Morrie mi fece girare verso Heathcliff. Così vicino, il mio antieroe gotico mi toglieva il fiato. I suoi occhi, scuri come antracite, mi fissarono con una tenerezza incontaminata, uno sguardo che Emily Brontë avrebbe voluto farci credere che il crudele e contorto Heathcliff non sarebbe stato capace di donarci.

Come se mi avesse letto i pensieri, Heathcliff fece una risatina cupa, che mi si riverberò sulla pelle.

Gli avvolsi le gambe intorno e lui affondò dentro di me con un sospiro, le spalle improvvisamente rilassate mentre premeva i nostri corpi l'uno contro l'altro, e noi ci univamo nella carne e nello spirito nel modo più assoluto in cui ci si può unire. Anche quando Heathcliff era schietto, tenero e silenzioso come ora, la sua possenza era da ammirare. Amarlo era come amare il freddo pungente dell'inverno sulla pelle, o come amare una tempesta di nuvole scure che imperversano sulla brughiera.

Amarlo significava essere travolti dalla sua selvaticità.

I nostri corpi si muovevano insieme, il suo sesso che si ingrossava dentro di me, andando a raggiungere e solleticare tutti i punti che mi facevano sentire così bene. Una spirale di tensione si avviluppava dentro di me, come una corda d'arco che veniva tesa. Io oscillai il bacino per assecondare ciascuna delle sue lunghe e profonde spinte, avvolgendo sempre di più le spire di quella corda.

Ero così catturata da Heathcliff che nemmeno mi accorsi che Morrie stava armeggiando con un flacone di lubrificante. Poi si chinò e il suo corpo snello mi afferrò da dietro. Infilò un dito lubrificato sul davanti, tra me e Heathcliff, e me lo fece scorrere sul clitoride. Io strinsi i denti, non volendo dare al Napoleone del crimine la soddisfazione di vedermi venire così in fretta, ma Heathcliff emise un piccolo sospiro contro la mia bocca e io mi persi.

Fu come se la corda dell'arco si fosse spezzata, srotolandosi dentro di me in ondate di piacere sfrenato. Mi abbandonai a Morrie, le mie labbra si staccarono dalla bocca di Heathcliff e il mio corpo si abbandonò alle sensazioni.

«Una,» mi sussurrò Morrie all'orecchio. Non la smetteva, il suo dito mi disegnava dei languidi cerchi sul clitoride mentre Heathcliff continuava ad affondare. Dimenai il bacino, cercando di sfuggire all'assalto del dito di Morrie, ma lui non me lo permise. Gli piaceva quel gioco e ora che ero nella sua trappola, non aveva intenzione di lasciarmi andare.

Anche se il piacere che ancora mi pulsava nelle vene fu seguito da un brivido di dolore, mi sollevai per assecondarlo, stringendo le cosce per attirare Heathcliff ancora più a fondo. Lui si chinò e mi passò i denti sul petto, fino ad arrivare al capezzolo. E io mi sentii di nuovo morire. Onde potenti mi scuotevano il corpo squassato da un altro orgasmo.

«Due,» sussurrò Morrie. «Sei pronta per me ora, bellezza?»

Avevo la pelle in fiamme. I muscoli della faccia paralizzati. L'unica cosa che riuscivo a fare era gemere: «Sìììììì...»

Heathcliff mi prese tra le sue forti braccia, tenendomi stretta mentre Morrie appoggiava la punta del suo sesso alla mia entrata posteriore. Quando spinse, io gridai contro le labbra di Heathcliff. L'avevamo già fatto un paio di volte ormai, con entrambi dentro di me contemporaneamente, e ogni volta era stata una sensazione… *perfetta*. Un paradiso. Una resa completa.

«Non dimenticare di respirare, bellezza,» ridacchiò Morrie, con una voce cupa e piena di desiderio.

Heathcliff mi teneva ferma e sentivo il suo sesso guizzare mentre Morrie spingeva, un po' alla volta, aiutato dal lubrificante, e infilava la punta oltre lo stretto anello di muscoli. Mi concentrai a respirare il profumo selvaggio e torboso di Heathcliff con i due che mi lavoravano fino al limite del dolore.

Con un'ultima spinta, Morrie era a fondo dentro di me. Si chinò sulla mia spalla per reclamare la bocca di Heathcliff. Con loro due così… beh, così Morrie e così Heathcliff, di solito il sesso era una battaglia a chi aveva il comando, ma quella volta era diverso. Heathcliff emise un sospiro soddisfatto e gli prese una guancia con una mano enorme. Poi si ritrasse leggermente per permettere a Morrie di penetrarmi in profondità, e non mi lasciarono nemmeno il tempo di respirare. Finché Morrie non mi fu dentro più di quanto avessi mai pensato possibile.

Morrie si dondolava all'indietro e Heathcliff si spingeva in avanti, i loro sessi vicini, separati solo dalla sottile parete dentro di me. Heathcliff emise un ringhio profondo mentre divorava la bocca di Morrie con la sua. Non era tanto per il piacere che i due mi stavano dando (anche se va detto che era davvero tanto) ma era bello vedere come si stavano abbandonando l'uno all'altro.

Crearono un loro ritmo, dondolando avanti e indietro dentro di me. Era impossibile descrivere l'intensità delle sensazioni, l'intimità, la perfezione e l'incanto di essere presa da loro, posseduta da loro, amata da entrambi. Nel frattempo, il dito di Morrie tamburellava a un ritmo incessante sul mio clitoride, riportandomi al momento presente, fino a quando il mondo intero si restrinse a quell'unico puntino rosso al centro della mia visione.

E io uscii dal mio corpo fluttuando, richiamata in me solo quando il respiro di Morrie mi solleticò l'orecchio.

«Tre.»

Con un altro ringhio che gli usciva dalla gola, Heathcliff si chinò in avanti e spinse la spalla di Morrie per allontanarlo sul letto. I denti di Morrie mi afferrarono la pelle mentre Heathcliff crollava su di noi. Ci bloccò entrambi, intrappolandoci con il suo peso e il suo sguardo scuro e possessivo. Con tutta la passione del suo cuore oscuro e ferino, Heathcliff ci sbatté sul letto. La testiera di ottone colpiva il muro mentre lui ci scopava entrambi, contemporaneamente. Era così eccitante e incantevole che Morrie ansimava sotto di me, mentre io sentivo il suo cazzo indurirsi ancora di più. Anche se pensavo di non averne più, fui presa da un altro orgasmo che mi sballottò come una nave in alto mare durante una tempesta.

Non so per quanto tempo cavalcai quell'onda, fluttuando in un oceano di puro piacere, ma quando tornai a terra, Heathcliff si tirò indietro e mi fissò, i riccioli indomabili tutti pieni di piumini dai cuscini.

«Quattro,» disse Heathcliff stupito.

«Non è giusto,» riuscii a soffocare. «L'ultimo è stato rubato.»

«Non si può rubare a chi vuole,» replicò Morrie con un sorriso. Si sfilò da sotto di me e si avvolse un asciugamano intorno ai fianchi. Aveva piumini anche sulla schiena. «Se qualcuno mi cerca, sono sotto la doccia a rendermi presentabile per il grande Rasmussen. Sembra il tipo di persona che ha proprio bisogno di una bella scopata.»

«Oh, cazzo.» Costrinsi i miei arti a muoversi. Ci vollero alcuni tentativi, ma alla fine riuscii a rotolarmi e afferrai il telefono. Premetti il pulsante che gli fece dire l'ora. «Siamo in ritardo.»

In qualche modo mi buttai giù dal letto. Le lenzuola mi si

attorcigliarono intorno e rischiai di cadere. Un paio di braccia calde mi presero al volo e mi tennero su per evitarlo. *Quoth.* Era sempre lui quello che mi recuperava. Che teneva insieme la nostra piccola famiglia incasinata.

«Sembra che tu abbia massacrato alcuni dei miei amici,» disse con un sorriso, lo sguardo sulle piccole piume lanuginose che ricoprivano ogni superficie.

«Ho preso Morrie in faccia, quindi sono morti per una buona causa.» Mi abbandonai addosso a Quoth. Quattro orgasmi in meno di dieci minuti significavano che le mie gambe non mi reggevano troppo bene. «Dobbiamo sbrigarci. Morrie è sotto la doccia, quindi ci vorranno sette secoli, e io devo occuparmi di Oscar e di assumere la mia dose di caffeina...»

«Ho portato io Oscar a fare la sua passeggiata. E ti ho preso il caffè.» Mi mise in mano la mia tazza da asporto. Quoth l'aveva trovata online: era di vetro temperato e aveva delle piccole impronte di zampe di cane in rilievo intorno al bordo.

Bevetti un buon sorso di caffè. Uno dei lavori migliori di Oliver. «Grazie. Ora che ho la caffeina in circolo posso farcela.»

Cercai tra i vestiti il mio miglior outfit da "Mina in carriera" (blazer nero di velluto vintage, pantaloni neri attillati, ballerine di velluto nero e maglietta dei Clash, nel caso ve lo steste chiedendo), mi raccolsi i capelli in uno chignon spettinato e battei sulla porta del bagno finché Morrie non riemerse in una nuvola di dopobarba e perfezione. Indossava il vestito che aveva il giorno in cui ci eravamo conosciuti, quello dal taglio squisito e pieghe così perfette che sembravano lame di rasoio. Si sfregò le mani con gioia.

«No.» Mossi un dito davanti al suo viso.

«No cosa?» La sua voce era pura innocenza.

«No a qualsiasi piano tu stia architettando.»

Quoth si trasformò in corvo e mi si appollaiò sulla spalla. A differenza di Morrie, lui non amava le lotte di alcun tipo e si sentiva più al sicuro come corvo.

Heathcliff uscì dalla cucina con il suo whisky mattutino in mano. Si era messo una camicia scura con le maniche arrotolate fino ai gomiti in modo da sfoggiare gli avambracci nerboruti e i tatuaggi che si snodavano sulla sua pelle olivastra. Era la nostra forza bruta. Se non fossi riuscita a persuadere Rasmussen con la gentilezza, Heathcliff sarebbe passato alle minacce.

Presi la pettorina di Oscar e lui praticamente mi trascinò giù per le scale, felice di uscire di nuovo. Oscar amava lavorare come cane guida, ed era ancora un cucciolo pieno di energia, il che lo rendeva il cane perfetto per la mia vita frenetica.

«Voglio venire con voi.» Puck uscì di corsa dalla stanza di Letteratura per l'Infanzia, dove aveva dormito su un lettino pieghevole. Di solito cercavamo di trovare un lavoro ai personaggi di fantasia. Lydia Bennet stava facendo strage di cuori all'addestramento per ufficiali della Marina di Sua Maestà. Socrate era una star dei social, e appariva nei programmi televisivi mattutini accanto al suo eroe, il filosofo moderno Peter Jordanson.

Ma Puck... cosa potevamo fare con un folletto che trasformava le persone in asini per puro divertimento? Avevamo provato a trovargli un lavoro allo zoo locale, ma lui aveva fatto spuntare una seconda testa al leone e trasformato in pinguino uno dei guardiani dello zoo. Sarebbe rimasto al negozio finché non fossimo riusciti a capire cosa fare di lui.

Forse Rasmussen potrebbe assumere un fae *dispettoso che si lascia dietro una scia di caos e scompiglio?*

Sospirai. «Okay, però niente asini.»

Puck si portò una mano al petto. «Sul mio cuore, niente asini.»

Uscimmo tutti e cinque dalla libreria. Sentii la carezza dell'aria frizzante del mattino sulla pelle e mi maledissi per non aver indossato dell'intimo termico. A quanto pareva la mise da Mina in carriera non contemplava abiti per il tempo uggioso *british*.

Alla fine di Butcher Street, di fronte alla panetteria di Oliver, Oscar si bloccò di colpo, facendomi fermare proprio quando sentii una voce dall'accento americano dire: «Uellà!»

«Salve, signor Abernathy.» Avrei riconosciuto quell'accento del Sud ovunque. «Mi dispiace averla spaventata. Non l'avevamo vista.»

«Tutto bene, signorina.» La voce del signor Abernathy era ovattata. Mi resi conto che non riuscivo a vedergli il viso per via dell'enorme scatola della pasticceria che teneva tra le braccia. Sembrava che avesse ripulito il negozio di Oliver. «Ero in giro a caccia di un po' di deliziosi dolci inglesi e ho pensato di vedere se beccavo il signor Rasmussen prima che aprisse.»

«Buffo. In realtà speravamo di parlargli anche noi.»

«Non ci perderei il mio tempo. Magari è anche morto. Ho martellato alla porta che sembravo uno stallone circondato da puledre, e non mi ha risposto nessuno. Ehi, in questa città non c'è neanche un posto che vende alette di pollo decenti, ma questa panetteria non è niente male. Ho avuto il piacere di fare la conoscenza dei vostri pasticci di carne caldi.» Abbassò la scatola e si indicò il petto. «Un piacere a tutti gli effetti.»

Ha un'enorme macchia di sugo sulla camicia, mi sussurrò telepaticamente Quoth.

«Dovrebbe provare le focaccine di Oliver,» gli dissi. «Da mangiare con marmellata e panna. Sono da urlo. Aveva intenzione di parlare con Rasmussen del First Folio?»

Hiram scosse la testa rabbioso. «Quel tizio dovrebbe sapere che non deve pisciarmi sulla gamba e poi dirmi che sta piovendo. L'aveva promesso a me. È vero che non avevamo firmato nulla, ma era un accordo tra gentiluomini. Gli avevo anche offerto un sostanzioso bonus in denaro per togliergli subito il Folio dalle mani, ma lui non ha ceduto. Poi mia moglie mi ha raggiunto qui per il Festival e...»

Hiram lanciò uno sguardo preoccupato dall'altra parte del parco, in direzione del Rose Cottage, il B&B più bello del villaggio.

Qualcosa nelle parole di Hiram Abernathy mi suonava strano. Davvero uno come Rasmussen avrebbe rifiutato la possibilità di vendere un libro raro per un sacco di soldi, solo perché voleva esporlo in un minuscolo Festival shakespeariano in un villaggio che non sembrava nemmeno piacergli molto? Per andare in pari avrebbe dovuto vendere un bel po' di biglietti d'ingresso al suo negozio. E dubitavo che si sarebbe fatto avanti qualcun altro con un'offerta generosa come quella di Hiram Abernathy.

Ma poi ricordai quanto Shelley fosse parsa orgogliosa di suo padre, quando le avevo parlato il giorno prima. Forse ora lui stava cercando di fare qualcosa di bello per il villaggio, per dimostrare a sua figlia che si stava impegnando per migliorare il loro rapporto. Forse Jasper Rasmussen aveva un cuore, in fondo...

«Hiram Abernathy, non mi dire che ti stai mangiando quei pasticcini pieni di zucchero. Altrimenti puoi considerarti bello morto e stecchito.»

«Oh, no.» Hiram si nascose dietro una panchina del parco, stringendosi il pacco al petto. Aveva la voce che gli tremava per la paura. «Nascondetemi.»

«Hiram,» urlò la voce. Sembrava che si stesse avvicinando. «Ti ho preparato il tuo frullato di cavolo nero e barbabietola. Se non ti presenti *entro un minuto*...»

«A quanto pare sei nei guai, amico,» disse Heathcliff con voce terribilmente seria. Dietro di me, Morrie moriva dal ridere. Hiram si stese a terra sperando di mimetizzarsi, ma non servì a nulla: era impossibile non vederlo.

«Hiram Abernathy, cosa stai facendo...»

Puck sollevò un dito. L'aria sfrigolò di scintille elettriche e io sentii uno scoppio nelle orecchie.

Quando guardai la panchina del parco, invece di un barone del petrolio che si nascondeva con i suoi pasticcini comperati di nascosto, vidi solo un mucchietto di vestiti stropicciati e un asino dall'aria confusa.

IO

«Iii-ohhh?» ragliò Hiram Abernathy.

«Puck!» gridai.

«Che c'è?» chiese sorridendo il folletto. «Tu hai detto niente asini, ma dato che è un somaro, somaro l'ho fatto.»

Mi girai verso Morrie, che disse ridacchiando: «Tecnicamente, Puck ha ragione. Ha trasformato Abernathy in un *kulan*, che è una varietà di somaro asiatico, una specie diversa dall'asino.»

«Iii-ohhh.» Il somaro diede un colpetto a una delle scatole da forno a terra. Indossava ancora lo Stetson di Abernathy e, quando chinò la testa, il cappello gli scivolò su uno degli enormi occhi marrone.

Afferrai la criniera della bestia e lanciai un'occhiataccia a Puck. «A proposito di asini e somari, smettila di fare il ciucco e fallo tornare in sé.»

«Era una celia che ti voleva far sorridere.» Il ghigno di Puck si allargò. «E sorridendo tu stai.»

Era vero, dannazione. Hiram era davvero ridicolo sotto forma di somaro, con quel grande cappello bianco, e ci stava chiedendo di nasconderlo. Ma da cosa si nascondeva...

«Ehilà, salve a voi, belle creature,» disse una voce in uno strascicato accento del sud. Una donna con un prendisole giallo squillante e bianchi stivali da cowboy si avvicinò a grandi passi. Aveva in mano una tazza di qualcosa che sembrava moccio arancione e sfoggiava la grinta di una tigre in procinto di colpire. «Avete visto mio marito, Hiram Abernathy? È sgattaiolato fuori dalla nostra stanza d'albergo mentre ero girata di spalle, senza prendere il suo frullato mattutino. È un tipo grosso, indossa uno Stetson e ha un'espressione colpevole come il peccato...»

Morrie strappò di nascosto lo Stetson dalla testa del somaro e lo buttò nel cestino dei rifiuti. «Ci dispiace, non abbiamo visto nessuno che corrisponda a tale descrizione.»

La bestia annuì vigorosamente mentre calciava i vestiti di Hiram sotto la panca.

La donna lo scrutò con gli occhi ridotti a due fessure. «Perché portate a spasso un asino per il villaggio? E avete anche un cane in cappotto e una cornacchia, aggiungerei. Siete una specie di circo?»

Mi ha appena dato della cornacchia? Quoth mi saltellava su e giù sulla spalla. *Farebbe meglio a stare attenta, o le darò un po' di aroma per il suo frullato...»*

«In realtà questo è un corvo.» Accarezzai la testa di Quoth. «E lui è Oscar, il mio cane guida. Quanto al somaro, beh... è un attore del Festival. Io sono Mina Wilde. Gestisco una libreria in paese. E tu devi essere la moglie di Hiram.» Le tesi la mano. «Buon compleanno.»

«Grazie, mia cara. Sono Dolores Abernathy, lieta di conoscerti.» Mi diede una vigorosa stretta di mano. «Sì, è il mio compleanno, ed è per questo che sono arrabbiatissima con Hiram per il fatto che è scomparso. Ho lasciato il mio prezioso ranch per venire con lui in questo Paese dimenticato da Dio, solo perché mi aveva promesso qualcosa di speciale, ma ora che è scappato, sospetto che stesse mentendo spudoratamente. Quando riuscirò a mettergli le mani addosso, wow, io...» Fece il segno di torcere il collo a qualcuno.

«*Iii-ohhh!*» Hiram si sollevò sulle zampe posteriori e attraversò di corsa il parco, quasi travolgendo Miles Stapleton, che era appena uscito dal vicolo dietro i negozi. Con un urlo, Miles lasciò cadere a terra la valigetta, ma Hiram non si fermò. L'asino (scusate, somaro) si precipitò verso il pub ragliando.

«Ehi, stai attento.» Richard stava servendo la colazione ai tavoli all'aperto. Si scansò appena in tempo, e rovesciò una Full English sul muso di Hiram, che era corso a ripararsi dietro una fioriera. «Qualcuno prenda quel mulo!»

«Tecnicamente, è un somaro,» urlò Morrie allegro.

«Vi aiuto io.» Dolores si diresse verso il pub. «Ho addestrato molti cavalli imbizzarriti nella mia vita e questa creatura non è diversa. Servono una mano ferma, uno sperone affilato e...»

«*Iii-ohhh.*» Un Hiram terrorizzato rovesciò diversi tavoli e sparì lungo la strada verso la chiesa, con Dolores che lo inseguiva spavalda.

«Sembra che Hiram abbia assaggiato qualche volta di troppo il pungolo della sua mano ferma,» commentò Morrie senza smettere di ridere. Io scoppiai a ridere e mi misi una mano davanti alla bocca per cercare di nascondermi. Non potevo farci niente: Hiram il somaro, che correva lungo la strada per scappare da sua moglie, aveva un'aria decisamente buffa. E si era lasciato dietro tutti i suoi snack illeciti. Raccolsi una delle scatole della pasticceria e ne estrassi una ciambella al cioccolato, ancora intatta.

«Andiamocene da qui prima che qualcuno incolpi noi per tutto questo casino.» Lanciai un'occhiata a Puck. «E tu *fallo tornare in sé.*»

«Le cose che han più sapore son quelle che nascon dall'errore,» replicò Puck imbronciato, ma quando agitò di nuovo il dito sentii lo sfrigolio e lo schiocco della sua magia che aleggiava nell'aria.

«Bene, grazie. Ora, possiamo raggiungere la libreria senza altri incidenti?»

Morrie cacciò un urlo e mi mise una mano davanti, ma io mi ero già girata ed ero finita addosso a qualcuno che arrivava dalla parte opposta.

«Bau,» abbaiò Oscar, come per rimproverarmi perché avrei dovuto aspettare che fosse lui a farmi strada.

«Mi dispiace tanto. A volte succede. Non ti avevo visto.» Arrossii per l'imbarazzo mentre mi districavo dalla povera malcapitata che si era trovata sulla strada di una ragazza cieca in missione. «Posso offrirti delle ciambelle come scusa? L'asino non le ha calpestate... Oh, ciao, Zen.»

«Ehm, ciao, Mina.» Zen, all'apparenza spaventata, si risistemò gli abiti. «Va tutto bene, non è affatto colpa tua. Stavo solo facendo la mia corsetta mattutina e non guardavo dove andavo.»

«Stai bene? Mi sembri un po'... strana.» E non potei fare a meno di notare che indossava una camicetta elegante e dei pantaloni, non di certo abiti da corsa.

«Sto bene. È solo che...» Zen si torse le mani. «Stavo solo... ehm, beh, non so cosa stessi facendo, in realtà. Ero venuta per provare di nuovo a convincere Jasper Rasmussen a donare il Folio al museo, ma è stato un tentativo infruttuoso, perché non è in negozio.»

«L'abbiamo saputo. Anche Hiram Abernathy lo stava cercando. Forse oggi è in ritardo. Ci deve mettere parecchio tempo ogni mattina per lucidarsi quelle corna da diavolo che ha addosso.»

Heathcliff fece una risatina, ma Zen non sembrò avere colto la mia battuta. «Senti, Mina, è un piacere vederti, ma credo di... dover andare a casa. A farmi la doccia. Sì, e a prendere le vitamine. Ci vediamo stasera per la nostra prima esibizione, Morrie.»

Zen fu interrotta da un trambusto ai margini del parco, mentre una persona andava a sbattere contro Richard, il quale sparse uova, patate, salsicce e sanguinaccio in tutte le direzioni. Senza fermarsi, quella persona arrivò di corsa verso di noi.

«Toglietevi di mezzo,» gridò Shelley Rasmussen, spingendo così forte il passeggino di Max da mandarlo a sbattere contro le gambe di Heathcliff.

«Shelley, fermati. Stai bene?»

«No, per niente, eh?» sbottò lei cercando di girarci intorno. «Credevo che mio padre fosse venuto al villaggio per passare del tempo con noi, invece era solo un'altra delle sue bugie. Ora vado a casa e non voglio più avere a che fare con lui e le sue sciocchezze.»

«Puoi dirci cosa è successo? Hai visto tuo padre stamattina?» le chiesi a voce alta, ma non arrivò nessuna risposta.

«Se n'è andata,» commentò Heathcliff. «Ma mi ha lasciato un bel livido sugli stinchi.»

«Sembra che oggi ce l'abbiano tutti con il signor Rasmussen,» dissi. «Magari riusciremo a fargli cambiare idea.»

«Sembra anche che non voglia aprire la porta a nessuno,» sbottò Heathcliff, dopodiché mi prese per un braccio e mi tirò verso la Nevermore. «Quindi potremmo tornare a letto e Morrie potrebbe spalmarmi della crema all'arnica sullo stinco ammaccato...»

«Rasmussen ci aprirà,» dichiarai. «Non può dire di no a un'opportunità commerciale. E se non ci aprirà, abbiamo sempre il nostro Puck.»

Il folletto fece un profondo inchino. «Al vostro servizio, mia regina.»

«Non servono inchini,» dissi. «Anche se questa storia della "Mia Regina" mi piace; puoi continuare.»

Tutti insieme attraversammo la piazza fino all'ingresso buio del negozio del signor Rasmussen. Accanto alla porta c'era il banco che usava per vendere i biglietti. Il cartello diceva che avrebbe aperto di lì a venticinque minuti, e ormai non mancava molto a che il primo autobus pieno di turisti arrivasse in paese e la gente iniziasse a mettersi in fila. *Deve essere lì dentro.*

Bussai alla porta. Nessuna risposta. Le finestre davanti erano in ombra, ma quando appoggiai le mani sul vetro, mi sembrò di vedere un debole chiarore nel retro del negozio.

Morrie provò la maniglia. «Strano. Non è chiusa a chiave.»

Spinse la porta e ci accalcammo all'interno. Avevo ragione: le luci dietro il bancone sul retro erano accese e così gli espositori, ma le luci principali del negozio erano ancora spente e quindi non riuscivo a vedere nulla. Morrie armeggiò un po' in giro e trovò gli interruttori, ma il locale era così tetro che quasi non fece nessuna differenza.

Stretti espositori di vetro correvano per tutta la lunghezza della stanza, una specie di imbuto che spingeva il traffico dei visitatori verso l'estremità, dove si trovavano un bancone molto elaborato, un'area di osservazione con diverse teche foderate di velluto, e ogni tipo di lente d'ingrandimento. Morrie si avventurò nel magazzino, sul retro, mentre Heathcliff rimase esitante sulla porta. Quoth svolazzò in giro, scrutando una stretta rampa di scale delimitata da un cartello «VIETATO L'ACCESSO AI CLIENTI.»

«Signor Rasmussen,» urlai. «Sono Mina Wilde, della Libreria Nevermore. Sono venuta a parlarle della libreria ufficiale del Festival. Ho una proposta che potrebbe trovare interessante...»

«Ehm, Mina,» sentii dire a Morrie da dietro il bancone, con

una voce insolitamente seria. «Non credo che lavoreremo con il signor Rasmussen.»

«Non essere ridicolo. È un uomo d'affari. Non rinuncerà a una proposta di questo tipo, per quanto poco entusiasta possa essere.»

«No, non intendevo questo.» Morrie si fece da parte, dandomi la possibilità di vedere un mucchio scuro sul pavimento. «È morto.»

II

«Oh, no, non di nuovo.» Mi mossi piano tra gli stretti scaffali per raggiungere Morrie. Senza dire altro, lui abbassò la lampada della scrivania perché distinguessi la forma del corpo di Rasmussen a terra. Era crollato a pancia in giù, con le gambe attorcigliate intorno alla gamba della sedia che gli si era rovesciata accanto . L'abito immacolato che indossava era tutto sgualcito e intorno alla testa si allargava una pozza di sangue scuro.

Oscar fece per andare ad annusare e io lo tirai indietro.

«Sì. Di nuovo.» Heathcliff guardava da dietro di me, e il suo respiro mi solleticava il lobo dell'orecchio. «Ha chiuso bottega. Si è preso una vacanza a lungo termine. Ha restituito la tessera fedeltà del supermercato. Ha liquidato le scorte. Si è registrato all'Hilton orizzontale...»

«Si è scrollato di dosso queste spoglie mortali,» aggiunse Morrie. «Amleto.»

«Smettetela. Non è divertente. È morto un uomo.» Il signor Rasmussen non mi piaceva, ma non volevo certo che *morisse*.

«Era un idiota,» disse Heathcliff. «La situazione mi fa un

po' ridere. Ma comunque, come è morto? Gli è venuto un infarto quando ha visto le vendite di Dan Brown?»

Si è infilzato con il suo stesso naso? aggiunse Quoth. *Scusa, non ho resistito.*

«Beh, non sono Jo, ma sembra che sia caduto e abbia battuto la testa sulla scrivania.» Morrie si chinò per ispezionare il corpo. Indicò qualcosa sull'angolo della scrivania, sotto un vaso contenente una specie di fiore. «Ha una brutta ferita su un lato della testa... in realtà, credo che ci siano due ferite, una molto più seria dell'altra. E vedo alcuni schizzi di sangue su questo mobile, quindi forse si tratta di un incidente...»

«Non è stato un incidente,» commentò Heathcliff. «Guardate qui.»

Indicò una teca di velluto all'estremità del bancone. Mi stupii di non averla notata prima, dato che occupava il posto d'onore sopra un piedistallo rivestito di raso. C'era un cartello con la scritta: "Il First Folio di Shakespeare" in lettere abbastanza grandi da poter essere lette anche da me.

Solo che la teca era vuota.

Il First Folio era sparito.

12

Qualcuno *ha ucciso il signor Rasmussen e ha rubato il First Folio.*

«Dobbiamo chiamare la polizia.» Mi allontanai dalla scena. «Dobbiamo uscire di qui e non toccare nulla. Deve trattarsi di una rapina finita male. I ladri avevano una copia della chiave di Rasmussen oppure sono entrati dal retro, e non si aspettavano di trovarlo già qui, e...»

«Questa non può essere una rapina.» Puck raccolse qualcosa da terra e me lo porse. «Il libro che cerchi è proprio qui.»

«Ma cosa fai?» Spinsi via il braccio di Puck. Spaventato, lui lasciò cadere a terra il libro. «Ora quel libro è pieno delle tue impronte, il che significa che la polizia potrebbe pensare che tu abbia a che fare con questo omicidio. Già finirai nei guai per aver trasformato Hiram Abernathy in un somaro, e ora hai anche manomesso la scena di un crimine.»

Puck alzò le mani. «Perdonatemi, Regina della Nevermore, avevo scambiato...»

«Non dire sciocchezze, folletto. Dobbiamo *riflettere*. Mina, guarda qui.» Morrie aveva già indossato un paio di guanti bianchi immacolati, che teneva sempre in tasca perché lui era fatto così. Spostò il libro sotto un'altra lampada e la accese, indicando un'area della copertina. Sotto il fascio di luce riuscii a distinguere una macchia scura sull'angolo, che si ripeteva su tutte le pagine.

«È...»

«Secondo la mia opinione professionale, è sangue,» azzardò Morrie. «E, di nuovo, non sono Jo, ma direi che l'angolo di questo libro corrisponde perfettamente alla ferita sul lato della testa di Rasmussen. Non si è trattato di una rapina finita male. Il vecchio Rasmussen è stato colpito alla testa con il suo First Folio.»

13

Fissai il libro che aveva provocato così tanto scompiglio nel villaggio. Era grande, alto una trentina di centimetri, e largo circa venti, con un dorso spesso circa cinque centimetri in una pesante rilegatura in pelle di capra. Se usato con sufficiente forza, avrebbe decisamente potuto causare dei danni. E immaginando che il signor Rasmussen fosse stato colto di sorpresa e fosse caduto all'indietro sbattendo la testa sul bordo della scrivania... tutto ciò avrebbe spiegato le due ferite che Morrie aveva notato...

Un altro omicidio ad Argleton.

Proprio sotto il mio naso.

Almeno ora sembrava trattarsi di una questione puramente umana, senza nulla di soprannaturale.

Una cosa era certa: chiunque fosse il colpevole, conosceva il nostro sfortunato libraio. La porta d'ingresso era aperta. Sulla scrivania c'erano due tazze di caffè vuote e un piattino di biscotti di pasta frolla. Il signor Rasmussen si era presentato in negozio presto, aspettandosi un ospite. Solo che, invece di partecipare a un incontro d'affari, era successo che alla fine era stato colpito con il suo libro preferito.

A meno che... Pensai se poteva essere possibile che l'assassino fosse entrato dal retro e poi avesse aperto la porta principale e da lì fosse uscito, ma era improbabile: nel parco avevamo visto Shelley, Hiram e Zen, tutti che volevano parlare con il signor Rasmussen. Se qualcuno fosse uscito dalla porta principale, almeno uno di loro avrebbe visto qualcosa.

A meno che l'assassino non sia proprio uno di loro.

Erano tutti nelle vicinanze del negozio di Rasmussen. Sia Zen che Hiram erano infuriati per come Rasmussen si stava comportando riguardo al First Folio, e avrebbero potuto lasciarsi sfuggire la situazione di mano. Shelley non avrebbe mai ucciso suo padre, no? Però quella mattina era effettivamente agitata e correva in direzione opposta al negozio...

Ma non sappiamo quando sia avvenuto l'omicidio. Potrebbe essere qui a terra da ore. Non saltare alle conclusioni, Mina. Ci sono molte persone in questo villaggio che avevano un motivo per odiare il signor Rasmussen.

Il primo problema, però, era che se la polizia si fosse fatta trarre in inganno dalle impronte digitali di Puck, non avrebbe nemmeno preso in considerazione nessuno di loro...

«Puck,» sibilai. «Giuri che non sei stato tu?»

«Sul mio cuore,» si portò una mano al petto.

«Allora fai finta di essere un bravo uccellino e vola via di qui. Se qualcuno te lo chiede, tu non sei mai stato qui con noi.»

«Vado, vado, più veloce di una freccia scoccata dall'arco di un Tartaro.» Puck si mise a girare in tondo, la pelle sempre più luminosa, poi prese la forma di un bellissimo folletto con le ali di velo e si infilò nel caminetto. Da qualche parte su per il camino, sentii un acuto colpo di tosse.

Sei sicura che sia stata una buona idea? mi chiese Quoth. *Avremmo potuto tenerlo con noi e fargli da alibi. La polizia lo sa che le persone che si imbattono in una scena del crimine spesso la compromettono.*

«E cosa pensi che farebbe Puck se Hayes lo portasse dentro per interrogarlo?» gli chiesi. «Magari potremmo anche farcela a convincere Hiram Abernathy che ha avuto l'allucinazione di diventare un somaro, ma non credo che la storia sarebbe credibile se le telecamere a circuito chiuso della stazione di polizia riprendessero la sergente Wilson che si trasforma in babbuino. Dobbiamo fare in modo che questo omicidio rimanga rigorosamente nel regno umano: meno Hayes sarà esposto alle follie della Libreria Nevermore, più in fretta riuscirà a risolvere il caso e a trovare il vero assassino.»

«Oh, quindi è compito di Hayes risolvere questo omicidio?» Heathcliff sollevò un sopracciglio ispido. «E non di una certa curiosa co-proprietaria di una libreria, diventata un'investigatrice dilettante che uccide i vampiri?»

«Io ne resto fuori.» Incrociai le braccia e fissai Heathcliff. «Non abbiamo motivo di essere coinvolti in questa storia. I miei giorni da risolutrice di omicidi sono finiti.»

«Potrei pulire il libro,» rifletté Morrie. «Per eliminare le prove che Puck è stato qui.»

«No, perché cancelleresti anche le impronte dell'assassino.» Non avrei aiutato a coprire un assassino solo per salvare la pellaccia di Puck. Quel folletto aveva già creato abbastanza problemi. «Magari le impronte dei folletti non si vedono nel mondo umano...»

«Cra?»

«Quoth, che c'è?» gridai mentre il corvo si dirigeva verso le scale. Quando scomparve oltre la prima rampa, sentii una serie di tonfi sordi, seguiti da un grido di sorpresa e da altri starnazzi.

C'era qualcuno lassù.

L'assassino.

E ha preso Quoth.

14

«Quoth!» urlai, correndo verso le scale. Heathcliff arrivò per primo, ma prima che potesse attaccare il nemico, sul pianerottolo apparve una figura che ciabattava con pantofole morbidose sulle assi di quercia del pavimento.

«Ehilà?» chiamò verso il piano di sotto, con una voce un po' impastata. Era l'apprendista di Rasmussen, Lawrence Delacroix. I passi scesero le scale. «Jasper, sei tu? Ti sei alzato presto. Credo che ci sia un uccello nel caminetto. Più tardi chiamo qualcuno...»

Lawrence si fermò a metà strada, proprio sotto l'unica lampadina della tromba delle scale. Indossava un pigiama color salmone, con il davanti abbottonato storto, e un berretto da notte abbinato, con un pompon che gli penzolava accanto all'orecchio. Ci scrutò con aria confusa.

«Salve a tutti. Cosa ci fate qui in negozio? Non apriamo prima delle nove. E dov'è Jasper?»

«È proprio qui, brutto impostore debosciato.» Heathcliff afferrò Lawrence per il colletto e lo trascinò giù per le scale, fino a portarlo proprio davanti al corpo. «Ma non aspettarti che torni presto ai suoi vecchi trucchetti. È volato nella grande libreria del cielo. Anche se scommetto che tu lo sapevi già, brutto giubba di cuoio, con i tuoi bottoni di vetro, la zucca rapata, l'anello di agata, le calzette color vomito, la giarrettiera di flanella, la lingua melata e la scarsella di corame spagnolo...»

«Heathcliff,» lo richiamai.

«Devi lavorare sulla dizione, se vuoi citare Shakespeare. Io lo so bene. Quando ero al college sono stato Tito Andronico... Jasper?» Le labbra di Lawrence tremolarono. Gli occhi gli si riempirono di lacrime. «Non è morto, vero? Non può essere morto.»

«Su, su, Lawrence. Sai che non devi recitare la parte di quello che fa finta di niente.» Morrie si avvicinò a lui, con la voce minacciosa. «Sono io il *vero* attore qui dentro e riesco a vedere al di là della tua farsa. Perché hai ucciso Rasmussen? Non ti pagava abbastanza? Ti aveva rubato la ragazza? Si era rifiutato di coinvolgerti nei suoi piani?»

«Non sono stato io, lo giuro,» dichiarò Lawrence con voce incerta. Due lucciconi gli scendevano sulle guance. «Non gli avrei mai fatto del male. Era un grande uomo. Amava Shakespeare, proprio come me, anche se non aveva mai avuto esperienza di recitazione come me. Era... era la persona più importante che avevo. Se quell'uccello potesse parlare, ti direbbe che sono innocente.»

È vero, disse Quoth mentre volava giù dal piano di sopra e si posava sulla mia spalla. *L'ho trovato di sopra, era a letto addormentato. E guarda com'è sconvolto; non sembra proprio essere lui l'assassino.*

Lawrence tirò su con il naso, il corpo scosso dai singhiozzi. Quoth aveva ragione: non si trattava di un omicidio premeditato, ma di una cosa improvvisa, un impeto di rabbia. La persona che ha aveva fatto ciò non era di sicuro il tipo di persona che riusciva a mettere in scena una convincente dimostrazione di dolore. L'angoscia di Lawrence era reale, ne ero certa.

Inoltre, Oscar non gli stava ringhiando contro, cosa che avrebbe fatto se l'avesse considerato una minaccia. E poi, se Quoth, che aveva una capacità così profonda di vedere nel cuore delle persone, era di quell'avviso, allora...

«Non credo che sia lui l'assassino,» dissi. «Anche se ha recitato nel Tito Andronico al college.»

«Bau,» concordò Oscar.

«Però, se non l'hai ucciso tu, cosa ci fai qui?» indagai.

«Io vivo qui,» rispose lui. «Il signor Rasmussen mi affitta la sua stanza al piano di sopra finché non riuscirò a trovarmi un appartamento in paese, per conto mio. O meglio, mi *affittava* la stanza... come farò ora senza di lui?»

Per poco non cadde a terra. Mi tuffai verso di lui, ma mi aggrovigliai nell'imbracatura di Oscar e non riuscii a prenderlo prima che Lawrence svenisse tra le braccia di Heathcliff.

Morrie fece il giro e sollevò il ricevitore del telefono del negozio, componendo un numero che ormai era familiare a tutti noi.

«Ispettore Hayes? Sì, sono James Moriarty. Dovrebbe fare un ordine extra di ciambelle a Oliver e venire alla Libreria Rasmussen. Ha un altro cadavere.»

La notizia della prematura dipartita di Rasmussen si diffuse nel villaggio come, beh, come di solito si diffondono i pettegolezzi di paese. Quando uscimmo non c'era nessuno, ma nel giro di dieci minuti c'erano ficcanaso ovunque, che volevano curiosare nell'ultima scena del crimine.

La nostra reputazione di attrarre omicidi ad Argleton era tale che una ulteriore folla si radunò fuori dalla Libreria Nevermore deserta, e tutti appoggiavano le mani contro le vetrate per sbirciare all'interno. Evidentemente, avevano sentito parlare di un omicidio in una libreria ed erano saltati alla conclusione più ovvia.

Sollevai lo sguardo oltre i tetti degli edifici, cercando un segno del piccolo folletto anche se sapevo che non sarei mai riuscita a vederlo. *Ti prego, fa' che Puck sia già lontano. Ti prego, fa' che trovi una nuova dimora in una foresta incantata da qualche parte, così potrà smettere di creare problemi nella mia vita.*

«Mina, sono sollevata di vederti.» La signora Ellis mi abbracciò e la sua borsa ricamata mi batté sulla spalla. «Ho saputo che è morto un libraio, così ho lasciato tutto e sono venuta di corsa...»

«Stiamo tutti bene. Siamo solo un po' scossi. Eravamo andati a parlare con Rasmussen per cercare un accordo sui libri per il Festival e invece abbiamo trovato il suo cadavere.» Rabbrividii al ricordo. «È stato terribile.»

«Oh, cielo. E fammi indovinare, la polizia pensa che gli assassini siate voi?»

«Cosa la rende così sicura che sia stato ucciso?» intervenne Heathcliff, scrutandola con sospetto.

«*Ma ti prego*: siamo ad Argleton,» esclamò la signora Ellis. «Viviamo in un tipico villaggio inglese da omicidi. Qui nessuno muore per cause naturali. Qui la gente o viene impalata con attrezzi da giardino da vicini scontenti, oppure avvelenata dal vino di sambuco a una festa, oppure dissanguata da vampiri del mondo della letteratura che hanno improvvisamente preso vita. Quello che mi interessa sapere è se dovrò farvi uscire io di prigione, così che possiate dare la caccia all'assassino e consegnarlo alla giustizia. Mi sono esercitata nell'arte di aprire le serrature con l'uncinetto...»

«In questo momento non credo che avremo bisogno dei suoi servizi.» Cercai di nascondere una risatina. «Rimarremo alla larga da questa indagine. È ora che la polizia di Argleton faccia il suo lavoro.»

Ho cose più importanti da fare che risolvere questo caso. Come aiutare il mio uccellino a ritrovare le sue ali.

«Hai ragione, ragazza mia. Comunque, è una cosa davvero terribile,» disse mesta la signora Ellis scuotendo la testa. «Non mi piaceva quell'uomo, ovviamente. Però era un'enorme risorsa per la manifestazione. Sai cosa succederà al First Folio ora che se n'è andato?»

Mi strinsi nelle spalle. «Sospetto che passerà agli eredi. Anche se c'era una macchia di sangue sul libro, quindi la polizia potrebbe aver bisogno di conservarlo come prova.»

La signora Ellis trasalì. «Oooh, a Miles non piacerà. A proposito del nostro valoroso capo, eccolo che arriva.»

«Mina. Mabel.» Miles si avvicinò di corsa, ansimando. «Sono venuto appena ho saputo. È un disastro assoluto. La stampa si sta riversando dappertutto e tra la folla vedo già tutti i nostri investitori: ormai il Festival è segnato.»

Strano. Mi chiedo perché Miles stia sbuffando, come fosse venuto di corsa dal teatro. Appena pochi minuti fa era lì, dall'altra parte del parchetto. Sicuramente non era ancora arrivato al teatro.

«Sono sicura che non è una cosa così tragica,» gli dissi. «Hai preparato un programma meraviglioso e il Nuovo New Globe è un'idea ottima. Appena la gente vedrà gli spettacoli e vivrà il teatro come lo intendeva Shakespeare...»

Miles scosse la testa. «Sempre che qualcuno ci venga, a vedere gli spettacoli. Tutti dicono che il Festival è maledetto! Tutto questo lavoro per mettere insieme una cosa fantastica, tutto il supporto che il villaggio ci ha dato, e le ore di lavoro dei volontari... e ora l'unica cosa che ci si ricorderà della nostra grande festa è che qualcuno vi è stato ucciso.»

Miles si interruppe, con aria triste.

Gli artigli di Quoth mi si conficcarono nella spalla. Seguii il suo sguardo fino alla porta del negozio di Rasmussen. Lawrence Delacroix era sui gradini, sguardo vacuo e bocca aperta, mentre gli agenti di polizia e la squadra della scientifica entravano nell'edificio. Le guance smunte erano rigate da lacrime silenziose che gli cadevano sul pigiama abbottonato storto. Per me era difficile da capire, ma doveva avere grande stima del signor Rasmussen per essere così addolorato per il suo assassinio...

«Aaahhhh!»

Uno strillo acuto interruppe i miei pensieri. Le persone tra la folla si scansarono per lasciare a spazio a qualcuno che si faceva strada a spintoni verso la libreria.

«Papà, *no.*» Shelley crollò in ginocchio nella piazza, agitando le braccia e battendo i pugni a terra. La gente si allontanò, confusa da quello sfogo di dolore come solo gli inglesi possono essere in presenza di un'emozione non trattenuta.

Beh, sembrano davvero un po' troppe lacrime per una persona che poco fa ci ha raccontato che ha rotto con il padre. E Shelley probabilmente aveva la sua chiave del negozio e...

No, smettila. È ora che se lo risolva Hayes un omicidio in questo villaggio. Hai già fatto abbastanza.

Come per magia, all'improvviso apparve l'ispettore Hayes, che sollevò il nastro che delimitava la scena e ci fece cenno di avvicinarci. «Mina Wilde, perché non mi sorprende che tu sia stata la prima ad arrivare sulla scena del crimine?»

«Giuro che questa volta siamo del tutto innocenti,» dissi. «Eravamo venuti a parlare con il signor Rasmussen in merito all'acquisto di alcuni dei nostri titoli di Shakespeare per il Festival e lo abbiamo trovato così. Non abbiamo toccato nulla, a parte prendere in mano il libro, cosa che Morrie ha fatto con i guanti.»

Diedi a Hayes tutti i dettagli possibili su come avevamo scoperto il corpo di Rasmussen. Tralasciai il fatto che con noi c'era Puck. Speravo che quando Hayes avrebbe parlato con gli altri testimoni, nessuno si sarebbe ricordato di lui.

Hayes si grattò la testa. «Molte persone avevano delle cose da fare con Rasmussen questa mattina. Zenzile Monroe ha confessato di essere stata qui, ma sostiene che la porta del negozio era chiusa a chiave e di non essere mai entrata. Inoltre, non ha fatto nessun mistero del fatto che disprezzava quell'uomo,» disse Hayes. «L'abbiamo sentita tutti, ieri sera.»

«Sì, ma abbiamo a che fare con *Shakespeare*, ed è giusto che ci abbia messo un po' di tragedia. E, comunque, nella piazza io ho visto anche Shelley Rasmussen e Hiram Abernathy.» Evitai di dirgli del recente innamoramento di Hiram per il fieno.

«E poi c'eravamo anche noi: perché non siamo tra i sospettati?» intervenne Morrie, tutto giulivo. Sembrava ci tenesse.

Io lo fulminai con lo sguardo. «Ma che dici?»

«Beh, se vogliamo essere onesti, *avremmo potuto essere* noi.» Gli brillavano gli occhi. «Il movente ce l'abbiamo: il tizio ha sottratto alla Nevermore il ruolo di libreria ufficiale. E il corpo l'abbiamo trovato noi.»

«È una confessione, signor Moriarty?» chiese Hayes.

Era la mia immaginazione o c'era un tocco di speranza nella sua voce?

Morrie sorrise. «E rovinare tutto il divertimento di quando lei mi scopre? Mai!»

L'ispettore Hayes sospirò. «Mi piacerebbe pensare che con tutta la vostra esperienza in fatto di omicidi, voi sapreste fare di meglio che colpire il tizio con un libro gigantesco in pieno giorno. Quindi no, non siete seriamente sospettati. Però dobbiamo fare come dicono i *libri* di testo,» disse rabbrividendo. «Scusate il gioco di parole, ma per favore non lasciate il villaggio senza dirmelo, intesi?»

«Certo.»

Hayes tornò a guardare la scena. Io toccai il mio telefono, che mi lesse l'ora: le 8:46. «Dovremmo andare ad aprire il negozio.»

«Perché?» Heathcliff arricciò le labbra. «La gente si aggirerà da queste parti tutto il giorno, nella speranza di cogliere qualche dettaglio macabro. Nessuno verrà da noi.»

«Lo faranno, se allestiamo le vetrine con libri di cronaca nera. Forza, andiamo.» Spinsi Heathcliff in direzione del negozio.

Nel momento in cui entrammo alla Nevermore, Quoth uscì dalla sua forma di corvo. Si sedette sul bordo del tavolo, e accarezzò nervosamente l'armadillo impagliato mentre faceva ciondolare i piedi nudi. «Mina, credo che lo dovremmo risolvere noi questo omicidio.»

«Non possiamo.» Scossi la testa. «Ho promesso a Hayes che saremmo rimasti fuori da questa storia.»

Quoth si guardò alle spalle. «Sì, ma... sai che faranno un gran casino. Diamine, sarebbero anche capaci di arrivare a dire che il poveretto è inciampato e si è fatto cadere il First Folio in testa, ripetutamente.»

Soffocai una risatina, ma Quoth non stava scherzando.

«Penso solo che potremmo aiutare ad assicurare l'assassino alla giustizia.»

Lo guardai negli occhi e ci vidi qualcosa. *Dolore.* Per qualche motivo, la morte di Rasmussen era diventata una faccenda personale per lui.

«Perché ci tieni, *seriamente*?» Gli presi la mano e gliela strinsi.

«Perché... perché io faccio del male alle persone,» concluse, fissando le nostre dita intrecciate. «Se non fosse stato per me, Dracula non avrebbe ucciso Miriam e Dana per rubare la loro terra. E la signora Ellis, Fiona, tua madre... e tu, mia bellissima Mina, avete rischiato di morire per colpa mia.»

«Quoth, non è stata colpa tua. Avevi perso il controllo di te stesso. Tutti noi nel nostro passato abbiamo cose terribili di cui non andiamo fieri, ma dobbiamo perdonarci. Tu non sei le tue azioni. Non devi vergognarti di ciò che sei.»

«Invece me ne vergogno.» Distolse lo sguardo. «Non riesco a smettere di pensare che tutti quelli che amo starebbero meglio se non mi avessero mai incontrato. Ecco perché Jo se n'è andata. Non riesce a sopportare la mia vista, e non posso biasimarla.»

«Ma non è vero. Jo e Fiona sono partite per una meritata vacanza.»

Ma mentre lo dicevo, sentivo nella mia testa le parole che Jo mi aveva detto durante la nostra ultima conversazione. "Non è che non adori Quoth, ma è difficile stare nella stessa stanza con lui, sapendo che ha aiutato un vampiro assetato di sangue a dare la caccia alla mia ragazza. Io e Fiona abbiamo bisogno di allontanarci da Argleton e dalla Libreria Nevermore per un paio di settimane."

«È vero. Te lo leggo in faccia.» Quoth si ingobbì. «E ti capisco perfettamente. Nemmeno io riesco a sopportare di guardarmi. Ma se riuscirò a fare qualcosa di buono, come salvare il Festival da questo assassino, allora forse avrò l'impressione di riscattare il mio nome almeno un po'.»

«Ma non potremmo piantare degli alberi?» suggerii. «O magari fare volontariato al rifugio per animali...»

Ma Quoth le faceva già, cose di quel tipo. Inoltre, cucinava i pasti per Earl Larson e per i senzatetto della zona. E poi teneva un corso d'arte per i bambini del quartiere popolare dove ero cresciuta. Se le buone azioni non lo aiutavano a perdonarsi, quindi perché pensava che risolvere un omicidio sarebbe servito?

Mi strinse la mano. «Il villaggio *aveva bisogno* di questo Festival, Mina. Avevano bisogno di un evento grande, scintillante e divertente che dimostrasse loro che il mondo non è solo un luogo terrificante. Guarda te, guarda come ti sei buttata sui costumi e sulle esposizioni della libreria nel momento in cui la signora Ellis è venuta a bussare alla nostra porta. Anche tu avevi bisogno di questo Festival. E salvarlo è ciò che devo fare per guarire.»

Guardai fuori dalla finestra: due sagome, che non potevano essere altro che Hayes e la sergente Wilson, stavano attraversando il parco. Le parole di Hayes mi riecheggiavano in testa.

Feci un sospiro. «Okay, forza. Da dove iniziamo?»

15

Mentre Quoth volava alla Libreria Rasmussen a origliare le indagini della polizia, io presi una piccola chiave argentata dal cassetto dei sex toys di Morrie e mi diressi dall'altra parte della strada per entrare nel vecchio appartamento della signora Ellis.

Morrie aveva acquistato l'edificio da Grey Lachlan dopo che lui si era liberato dalle grinfie di Dracula, ma non aveva ancora deciso cosa farne. Nel frattempo, io avevo requisito l'angolo della colazione per trasformarlo nel mio studio di scrittura, nonché sala da cucito. Quando il negozio era abbastanza tranquillo e Heathcliff riusciva a gestire da solo i clienti, andavo lì a lavorare al mio libro.

Ultimamente non avevo scritto molto perché stavo lavorando ai costumi, ma con l'omicidio di Rasmussen fresco nella mente, pensai che fosse il momento perfetto per perfezionare la scena in cui avevo scoperto il corpo di Ashley.

Nell'ultimo anno avevo scritto la storia di come io, Heathcliff, Morrie e Quoth ci eravamo incontrati per la prima volta e innamorati, e del primo omicidio che avevamo risolto insieme: quello della mia ex migliore amica, Ashley Greer.

All'inizio era stato solo un passatempo per distrarmi dall'idea di non essere più in grado di occuparmi di moda, ma poi mi ero ritrovata sempre più spesso a sognare a occhi aperti di avere tra le mani uno dei miei libri e di vederlo sugli scaffali della libreria insieme a quelli dei miei autori preferiti.

Non mi piaceva scrivere quando c'erano i ragazzi in giro, perché avevo il terrore che volessero leggerlo e che lo trovassero terribile e me lo dicessero (nel caso di Morrie), o peggio, che pretendessero un ruolo più in vista per loro stessi, lasciando meno spazio ai miei sentimenti (nel caso di Heathcliff e Quoth). Era incredibile quanto un po' di pace e di tranquillità facessero bene alla mia creatività. Negli ultimi due mesi, da quando avevo iniziato a scrivere nell'edificio vuoto, avevo completato velocissima la prima stesura e ora la stavo editando e mettendo a punto, mentre mi sforzavo di rendere perfetta ogni scena e descrivere ciascuna emozione proprio come la ricordavo.

Avevo anche inviato i primi tre capitoli al prestigioso Meddleworth House Trust affinché mi prendessero in considerazione per il ritiro annuale degli scrittori. Scrittori provenienti da tutto il Paese si candidavano per trascorrere una settimana nella famosa tenuta di campagna, seguiti da pluripremiati autori britannici. Non credevo di avere alcuna possibilità, ma se non si prova, non si può sapere.

Ero china sul mio vecchio portatile malconcio (ricoperto di adesivi di gruppi musicali, ovviamente), a scrivere, quando una sagoma nera scese in volo dalle travi e si posò accanto a me, venendo a inzuppare il becco nella mia tazza di tè, ormai freddo. Un attimo dopo, la gamba calda di Quoth era appoggiata alla mia mentre lui, nudo, sprofondava nella poltrona accanto a me. Con riluttanza, misi da parte il manoscritto e gli rivolsi la mia attenzione.

«Hai sentito qualcosa di utile?» gli chiesi.

«Ho sentito *tutto*.» Sembrava piuttosto soddisfatto di sé.

«Mi stai dicendo che sei stato seduto in un angolo del negozio di Rasmussen per tutto questo tempo senza che nessuno mettesse in discussione la tua presenza?»

Alla faccia delle nostre attente forze di polizia.

«Ho anche rubato un marshmallow dalla cioccolata calda della Wilson.» Quoth si strinse nelle spalle. «Forse l'ispettore Hayes pensa che tutte le librerie abbiano un corvo, quindi non gli è sembrato strano. Non lo so. Comunque, vuoi sapere cosa ho sentito?»

Avvicinai la lavagna bianca che usavamo come lavagna per gli omicidi e gli passai la penna. «Vai.»

«Prima di tutto, il sostituto temporaneo di Jo è un tipo molto tosto. Ma aveva con sé un'assistente assolutamente adorabile che mi ha persino dato di nascosto una manciata delle noccioline del suo pranzo, mentre nessuno guardava. Ricordati il nome George Fisher, perché quella farà carriera.»

«Preso nota.»

«In secondo luogo, l'ora del decesso risale a circa dieci o venti minuti prima del nostro ingresso nel negozio. La porta posteriore era chiusa dall'interno e le finestre del piano inferiore erano ancora sigillate da una mano di pittura, quindi è molto probabile che abbiamo incrociato l'assassino quando abbiamo attraversato la piazza.»

«Uff,» commentai. «Questa cosa mi fa un po' paura. Pensa che se Puck non avesse trasformato Hiram in un somaro, avremmo potuto imbatterci nell'assassino nel bel mezzo della sua azione.»

«Esatto. Questo mi porta ai punti tre e quattro. Avevi ragione sul fatto che l'assassino fosse qualcuno di conosciuto. Non hanno trovato alcuna prova di effrazione e la Wilson ha sottolineato che se erano dei ladri, non possono aver lasciato lì un libro da due milioni di sterline, per non parlare degli altri oggetti di valore esposti che non sono stati nemmeno toccati.»

Quoth lo scrisse alla lavagna.

«E il punto quattro?» chiesi.

«Ci stavo arrivando. C'è un punto interrogativo sulla porta d'ingresso non chiusa a chiave. Zen dice che quando ha provato ad aprire, la porta era chiusa. Lawrence ha giurato che, prima di andare a dormire, ha controllato che tutto fosse chiuso e ha affermato che Rasmussen di solito non la lasciava aperta al di fuori degli orari del negozio. Questo, insieme al tè con i biscotti, fanno pensare che stesse aspettando un ospite e che gli (o le) abbia aperto la porta. Ma se questo è vero, come hanno fatto a entrare nell'edificio dopo di Zen e prima di noi, senza essere visti?»

«A meno che Zen non stia mentendo sulla serratura,» dissi mentre Quoth scarabocchiava altri appunti. «Continua.»

«Il First Folio è sicuramente l'arma del delitto,» spiegò Quoth. «L'hanno usato per colpirlo almeno tre volte: due volte alla testa, come abbiamo visto, e una volta alla spalla, probabilmente un colpo mancato.»

«Quindi è stato sicuramente *aggredito*.»

«Esattamente. E, punto sei...»

RAP RAP RAP.

«Chi è che batte alla porta del nostro ufficio?» chiese Quoth alzandosi per scrutare fuori dalla finestra.

RAP RAP RAP.

«Non viene dalla porta d'ingresso.» Presi la pettorina di Oscar e raggiunsi Quoth alla finestra. Il suono proveniva dall'altra parte della strada. Oscar balzò sul davanzale della finestra, e si mise a colpire il vetro con le zampette uggiolando, mentre Hayes e Wilson battevano sulla porta della libreria, chiusa a chiave.

Buona fortuna, agenti. Se Heathcliff era in uno dei suoi soliti stati d'animo, non avrebbe aperto la porta nemmeno a un venditore ambulante di whisky.

Nel momento in cui Hayes ci notò alla finestra e si avvicinò, Quoth si nascose dietro il divano, coprendosi le vergogne con una pila di libri. Il poliziotto puntò il pollice verso la libreria. «Mina! Sono Hayes. Devi dirgli di aprire questa porta.»

«Che succede?» abbassai lo sguardo su Quoth.

Lui scrollò le spalle. «È la sesta cosa che volevo dirti. Sono qui per interrogare Puck. Pensano che l'assassino sia lui.»

16

«Toglietemi le mani di dosso, farabutti,» gridò Puck mentre la polizia lo scortava fuori dalla libreria. Una folla si era radunata in strada, perché eravamo ad Argleton e nessuno aveva altro da fare, e tutti bisbigliavano tra loro mentre la sergente Wilson spingeva Puck nell'auto di servizio.

«È sempre stato un tipo strano,» disse Deirdre, la postina. «Beh, proprio la settimana scorsa l'ho beccato al pub. Aveva sfilato lo sgabello di Harriet Wistledown e si era inginocchiato a terra in modo che lei gli si sedesse sulla schiena! Poi lui si è ribaltato e lei è caduta! La gonna le è salita sopra la testa e le si è vista la sottoveste. Lui ha trovato il tutto molto divertente, ma per giorni la povera Harriet è rimasta rossa in viso come una barbabietola.»

«Ma non ti pare che quella libreria sia sempre frequentata da tipi davvero strani?» commentò la sua amica. «Ricordi quella star dei social media che andava in giro vestito con un lenzuolo a sparava sciocchezze New Age di qua e di là?»

Se consideri New Age la Grecia classica, avrei voluto gridare, e pensai che il libro degli insulti di Heathcliff mi avrebbe proprio fatto comodo.

Quoth, talmente nervoso da essersi ritrasformato nella sua forma di corvo, mi conficcò gli artigli in una spalla e, tutto agitato, dondolò su e giù la testa in segno di assenso.

«Scommetto che è stato Heathcliff, quel tizio inquietante, a farglielo fare,» commentò Tom il macellaio tirando su con il naso. «Sentite bene quello che vi dico: è lui la mente dietro tutto questo. In città aprono una nuova libreria e all'improvviso il proprietario viene *opportunamente* fatto fuori, giusto in tempo perché la Nevermore intervenga e salvi la situazione? Non credo alle coincidenze, non dopo tutti gli omicidi collegati a quel posto. E avete visto come sono freddi e impenetrabili i suoi occhi? Se ti metti di traverso a Heathcliff Earnshaw, sei un uomo morto.»

Oh, no, niente affatto. Nessuno darà la colpa al mio Heathcliff per questo omicidio.

Mina, aspetta... Quoth sbatté le ali, cercando di distrarmi, ma io mi abbassai e spinsi Oscar verso la porta.

«Mina, aspetta...»

Uscii di corsa, agitando le braccia per attirare l'attenzione delle auto della polizia che si stavano già muovendo. «Avete capito male. Non è colpa di Heathcliff e nemmeno di Puck. So che è un po' un imbroglione, ma non è per niente cattivo. La polizia non ha prove che sia lui l'assassino. Non si può condannare un uomo senza un giusto processo...»

«Mi ha trasformato in un somaro,» urlò Hiram Abernathy. «Se questa non è cattiveria, allora io...»

Accanto a lui, Dolores gli diede un colpo sulla nuca. «Tu chiudi il becco, Hiram Abernathy, e smettila di dare la colpa a un altro solo perché ti sei nascosto nelle stalle per evitare di berti il frullato della colazione.»

«Giusto. Grazie, Dolores,» intervenni. «Ovviamente

nessuno può essere capace di trasformare qualcuno in un somaro. E Puck sarà scagionato da questo omicidio, vedrete. Ora, a meno che non vogliate comprare dei libri di Shakespeare, vi consiglio di andarvene perché Heathcliff sta per perdere la pazienza e...»

Non servì dire altro. La folla si disperse, anche se sentivo che tutti borbottavano e mormoravano nell'allontanarsi.

Questo villaggio è troppo suggestionabile, maledizione.

Io e Oscar salimmo i gradini del negozio. Quoth entrò in volo sopra le nostre teste. Sbattei la porta e misi l'insegna su CHIUSO. «Heathcliff, Morrie, portate qui le vostre chiappe. Abbiamo un grosso problema.»

Heathcliff si precipitò giù dalle scale con il viso rosso di rabbia. «Sei stata magnifica là fuori,» mi sibilò all'orecchio per poi prendermi in braccio e trasportarmi nella sala principale.

«Craaaaa.» Quoth si tuffò dietro la scrivania di Heathcliff e un istante dopo sentii che aveva ripreso la sua forma umana e che stava rovistando nella scorta di vestiti che teneva lì.

Morrie saltellava davanti alla finestra, nel suo costume da Macbeth mentre combatteva con la spada un nemico invisibile. Quando ci vide, lasciò cadere l'arma e si sfregò le mani con gioia. «Hai quella tua fantastica espressione, bellezza. Fammi indovinare: stiamo per risolvere un omicidio.»

«Oh, no, neanche per sogno,» sbottò Heathcliff. «Mina ci ha promesso che avremmo appeso al chiodo i nostri strumenti per la risoluzione dei crimini. In questo negozio niente più omicidi, grazie mille.»

«Potremmo non avere scelta,» dissi, lanciando un'occhiata a Quoth, appoggiato alla scrivania e nascosto da una cortina di capelli di seta. «Hayes ha appena arrestato Puck.»

Morrie si diede una manata sulla fronte. «Sapevo che avremmo dovuto cancellare le sue impronte dal libro.»

«Ma come hanno fatto a raffrontare le impronte di Puck con

quelle del libro?» chiese Heathcliff. «Sarà anche un fastidiosissimo mascalzone, ma non è che abbia causato così tanti guai da essere già schedato.»

«Ti ricordi un mese fa, quando Richard ha dato a Puck quel lavoro da barista al pub e lui ha trasformato la birra in succo di spinaci?» chiese Quoth.

«Oh, sì, esilarante,» commentò Morrie.

«Non proprio,» sbottò Heathcliff. «Io avevo sete.»

«A quanto pare, nemmeno la sergente Wilson lo ha trovato così divertente. L'ho sentita dire a Hayes che pensava che Puck fosse un tipo losco, così ha cosparso il suo bicchiere da birra con la polvere che usano per le impronte, e le ha archiviate.»

«Ma si può fare? Prendere le impronte di una persona senza averne il consenso?»

«E chi lo sa? È una questione che verrà eventualmente discussa in tribunale. Il punto è che hanno arrestato Puck, il che significa che non verranno fatte ulteriori ricerche per trovare il vero assassino. E adesso?» Mi accasciai sulla sedia di Heathcliff e mi presi la testa tra le mani.

Ci fu uno strano suono, come di una pioggia di brillantini dal cielo, e poi Heathcliff disse: «Non credo che dobbiamo preoccuparci di Puck.»

«Certo che ci dobbiamo preoccupare. Sarà anche un tipo fastidioso, ma è sotto la nostra responsabilità e...»

«Girati, bellezza.»

Mi voltai di scatto.

Sbattei due volte le palpebre per permettere agli occhi di adattarsi alla luce. Seduto in cima allo scaffale di Poesia, con le mani ricoperte di inchiostro per le impronte digitali, c'era Puck.

«Così sono fastidioso, eh?» chiese con un sorrisetto impertinente. «Un fastidiosissimo Puck farebbe *questo*?»

Da dietro la schiena, tirò fuori un mazzo di fiori di campo, che mi tese.

«Eee... tciù.»

Heathcliff si portò le mani alla bocca. L'intera libreria tremò. Oscar guaì e si rintanò dietro la mia gamba.

A Puck tremolarono le labbra.

Heathcliff afferrò i fiori e li scagliò fuori dalla finestra.

«Mi sono sbagliato. Però un fastidiosissimo Puck farebbe questo...»

Heathcliff afferrò la mano di Puck prima che causasse altri disastri.

«Non ti stiamo rimproverando,» spiegai a Puck. «Ma il fatto è che non puoi farti vedere in giro per Argleton. La polizia non è particolarmente entusiasta quando qualcuno scompare dalla custodia. Da un momento all'altro saranno in giro per le strade a cercarti urlando e se quando arrivano sarai qui, metterai tutti nei guai. E, a differenza di te, noi non possiamo usare la magia per uscire da una cella.»

Puck sembrava sul punto di ribattere, ma bastò uno sguardo di Heathcliff per rimetterlo a posto. «Fino a qui, innocente si dimostra l'impresa mia. Ma cosa dovrei fare?»

Si sentì bussare alla porta. «Mina, Heathcliff. Aprite subito.» Era la sergente Wilson e sembrava decisamente *infuriata.*

Heathcliff afferrò i polsi di Puck e li agitò in aria. «Spargi un po' di polvere fatata e sparisci. Non so perché abbiamo cercato di aiutarti. Non sei adatto a stare in nessun altro posto, se non all'inferno.»

Puck abbassò la testa. «Come desideri,» mormorò mortificato, come se le parole di Heathcliff lo avessero davvero ferito. «Li menerò di qua, li menerò di là, son temuto per campagne e per città. O, goblin, guidali tu...»

«Muoviti,» ringhiò Heathcliff. E Puck scomparve con un *POP* e uno scintillio, proprio nell'istante in cui la polizia forzava con un piede di porco la nostra serratura antica ed entrava di corsa nel negozio.

«Mina, eccoti qui.» Hayes si chinò sulla scrivania, respirando a fatica. Sembrava essere arrivato di corsa dalla stazione di polizia. Dietro di lui, la Wilson incrociò le braccia. «Dobbiamo parlarvi di questo Puck. È scappato dalla custodia.»

«Oh, che notizia terribile,» esclamò Morrie.

«Davvero terribile.» Hayes si grattò la testa. «Non ho mai visto nulla di simile. È come se fosse sparito per magia. La serratura non è stata nemmeno toccata. E mi ricorda la notte in cui sei scomparsa tu dalla custodia, Mina. So che questo Puck è un amico tuo. Ci ha dato questo indirizzo come sua residenza, quindi spero che tu possa aiutarmi.»

«Diteci solo dove si nasconde,» disse la sergente Wilson, «e non ce la prenderemo con voi.»

Non sembrava dicesse sul serio.

Morrie scrollò le spalle. «Temo che siamo perplessi quanto voi. Vorrei precisare che la fuga di Mina è stata puramente opportunistica e poi ha catturato il vero assassino, quindi non c'è nulla di cui preoccuparsi. Quanto a Puck, invece, non vive qui. Vi ha dato questo indirizzo solo perché vuole metterci nei guai. E la sparizione, sì, in effetti è una cosa che sa fare: è un mago.»

Bella questa, Morrie.

«Un mago?» Hayes sembrava scettico.

«Certo,» annuii con vigore. «Lui di lavoro fa sparizioni. È fatto così. Voglio dire, solo un mago potrebbe scegliere di chiamarsi Puck, no?»

«Beh, ma come avrebbe fatto? Perché io ho un filmato delle telecamere a circuito chiuso di lui che scompare nel nulla e scappa da una cella chiusa a chiave, e non capisco come sia possibile.»

«Ahimè, un mago non rivela mai i suoi trucchi, nemmeno ai

suoi amici. Potrei suggerirvi di dare un'occhiata alla Lega dei Prestigiatori Scaltri, la più importante società di magia di Londra.»

«Pensi che sia andato a Londra?»

«Beh,» replicò Morrie, «io penso che se fossi in fuga dalla legge, mi piacerebbe andare in giro con persone che si occupano di estrarre conigli vivi da parti dove nessun coniglio dovrebbe mai trovarsi.»

Hayes agitò un dito davanti a Morrie. «Molto bene. Se sento anche solo il minimo *sussurro* sul fatto che tu, Mina o il signor Earnshaw avete qualcosa a che fare con tutto questo, finirete tutti in prigione, è chiaro?»

«Promettiamo che faremo i bravi,» disse Morrie con un sorrisetto mellifluo.

Hayes e la sergente Wilson se ne andarono. Ma prima che Heathcliff potesse inseguirli infuriato per chiudere la porta, entrò di corsa un nuovo cliente, che andò a sbattere dritto contro la scrivania, boccheggiando.

«Bene, siete di nuovo aperti. Vorrei sapere se avete dei libri di...» controllò per un istante il telefono. «Stella Mey.»

«Mi dispiace, li abbiamo esauriti.»

«Ehm... certo. Beh, potete chiamarmi se vi arriva qualcosa?» Mi diede un biglietto da visita. «Nel senso: vorrei essere chiamato *nel momento stesso* in cui qualcuno ne lasciasse uno. Sono disposto a pagare un extra per il servizio.»

«Sei un grande fan della Mey?» Di certo non sembrava il tipo da impazzire per romanzi per ragazzi sui vampiri, ma lavoravo in una libreria da un bel po' e sapevo che i lettori erano sempre in grado di sorprendere.

«Lo diventerò, se riuscirò a mettere le mani sui suoi libri.» Il ragazzo scrisse di corsa il suo numero e se ne andò.

«Questa settimana è la quarta persona che ci chiede libri di

Stella Mey,» commentò Heathcliff. «Sono tutti disperati, eppure nessuno di loro sembra avere idea di chi sia.»

Mi voltai verso Heathcliff. «È strano, ma tutto ciò sa quasi di...»

«Mina, tesoro!»

La voce di mia madre riecheggiò nel negozio. Heathcliff emise un urlo terrorizzato e si rifugiò nel suo ufficio, sbattendosi la porta alle spalle. Mia madre entrò. Indossava il suo vestito da strega con paillettes, una pelliccia lunga fino ai piedi e un paio di occhiali da sole, ad ali di farfalla. Soffocai una risata e mi chinai ad abbracciarla. Passai le dita sulla pelliccia e sentii delle chiazze lise; sapeva di muffa, il che mi suggerì che l'aveva appena acquistata al locale negozio di beneficenza.

«Qual buon vento, arcana e nera fattucchiera di mezzanotte?» Morrie si chinò a baciarle le guance. «È pronta per la serata di apertura?»

«Certo.» Con un gesto teatrale si tolse gli occhiali da sole e fece una giravolta nel suo ridicolo costume. «Sono andata in giro dappertutto con questo costume, Mina, nel caso in cui mi avessero beccata i paparazzi. Potrei chiedere di mettere anche il tuo nome sui giornali, così diventeresti ricca e famosa.»

«Grazie, mamma, è davvero gentile da parte tua,» replicai. Se aveva delle idee che erano anche vagamente tollerabili, era meglio lasciare perdere. «Come va il business del kit per la caccia ai vampiri?»

«Oh, ormai quello è storia antica.» Mia madre agitò una mano. «Dopo ottobre non sono più riuscita a vendere un kit per vampiri neanche per tutto l'oro del mondo. Ora io ed Andy abbiamo una nuova attività e la cosa più bella è che va a vantaggio *tuo*.»

Ero sicura al cento per cento che non fosse così. «Mamma, forse dovresti...»

«Vedo che i libri di Stella Mey sono esauriti.» Mi strizzò l'occhiolino indicando uno spazio vuoto sullo scaffale.

Ecco, me l'ero gufata. «Mamma, che hai fatto?»

Si avvicinò, portandosi la mano alla bocca e sussurrò con fare cospiratorio. «Sono la donna che sussurra ai libri.»

«Cosa?»

«La donna che sussurra ai libri. Avrai sicuramente sentito parlare di me?» Sembrava contrariata. «Sono su TikTok.»

«Ohi Mina,» Morrie sollevò il telefono. «Devi vedere questa applicazione che ho trovato.»

Gli strappai il telefono e toccai lo schermo. Il volto di mia madre mi sorrideva in un breve video. Era vestita come ora, con un abito tutto scintillante, occhiali da sole a farfalla e una logora pelliccia, e agitava le mani sopra una sfera di cristallo. «La donna che sussurra ai libri vi dice che tra cinque anni, tre mesi e diciotto giorni Stella Mey morirà di una morte terribile e tragica, il che renderà i suoi libri un ottimo investimento. Ma non quanto quelli di Steffanie Holmes, l'autrice di romanzi sexy che ha mangiato troppi biscotti al cioccolato e ora scoprirà che uno di loro era avvelenato.»

«Mamma, cos'è questa *roba*?»

«Ho sentito che eri stressata per l'apertura di una libreria concorrente da parte di quel tizio, dall'altra parte del parco, così ho pensato di aiutarti un po' con gli affari,» mi spiegò. «In realtà, l'idea me l'ha data lui. Lui, con i suoi bei libri da collezione. Non avevo idea di quanti soldi si potessero fare con vecchi libri impolverati!»

«Sì, mamma, ma non è quello che stai facendo tu.»

«Certo che no. Chi è che vuole perdere il suo tempo su vecchi libri polverosi?» si schernì. «Il mio lavoro è molto meglio. E molto semplice. Io faccio la previsione su quale sarà il prossimo autore famoso a morire, così tutti compreranno i suoi libri in vista dell'imminente scomparsa, nella speranza che quei libri acquistino valore una volta che l'autore sarà effettivamente morto.»

Mia madre spalancò le braccia, come in attesa del nostro applauso.

«Mamma, non puoi. E se gli autori non muoiono? Oppure se dovessero morire sul serio? Trarresti profitto dalla loro morte. È una cosa... immorale.»

«Perché mai?» mi chiese con un sorriso. «Quella nuova libreria dall'altra parte della piazza trae profitto dal lavoro di scrittori morti da tempo e nessuno batte ciglio. Qual è la differenza?»

«La differenza è... è che il nuovo proprietario del negozio è effettivamente *morto*. Qualcuno lo ha *ucciso*. Stai giocando in un campo minato, quindi forse dovresti fermarti ora prima che...»

«Mina, ti prego, se lasciassi che ogni piccolo omicidio che capita in questo villaggio mi distogliesse dai miei propositi, non sarei l'imprenditrice di successo che sono oggi.» Mia madre guardò il telefono con aria accigliata. «È un vero peccato che abbia scelto proprio oggi per tirare le cuoia. Non ho mai pensato di fare previsioni anche per i venditori di libri. Mi chiedo quanto tempo ha ancora il tuo Heathcliff, con tutto l'alcol che tracanna...»

«Se qualcuno dei nostri nomi compare in questa tua applicazione, mamma, giuro che io... io...» Non riuscivo a pensare a una punizione adeguata. «Giuro che ti metto Heathcliff alle calcagna.»

«Ehi, lasciatemi fuori,» urlò Heathcliff dal suo ufficio.

Mia madre mi diede qualche colpetto su un braccio. «Sinceramente, Mina, ti preoccupi troppo. Ora devo andare, tesoro. Mi ringrazierai quando sarai piena di soldi. Vedo che hai molti thriller di Damon Slaughter laggiù: il mio prossimo video sarà su di lui. Morrie, ci vediamo stasera per il nostro debutto sul palcoscenico.»

Prima che potessi dire un'altra parola, mi passò davanti, lasciandosi dietro una scia di profumo e un vago senso di disagio.

Tra la crociata di Quoth per risolvere l'omicidio e fare pace con se stesso, la campagna di Morrie per maledire la produzione e i tentativi di mia madre di aiutarci a risolvere la nostra precaria situazione finanziaria, la mia vita si era improvvisamente trasformata in un dramma shakespeariano.

Speravo solo che non si trattasse di una tragedia, in cui alla fine morivano tutti.

17

Sapevamo che Hayes e la Wilson avrebbero trascorso la giornata a intervistare tutte le persone che avevamo visto in piazza e a dare la caccia a Puck, senza nessuna speranza di trovarlo. Così io e Quoth decidemmo di seguire una pista diversa. Avevamo tre nomi nella nostra lista di sospetti: tre persone che avevamo visto in piazza quella mattina e che erano arrabbiate con il signor Rasmussen per vari motivi. Non avevamo abbastanza elementi per restringere il campo dei sospetti o per stabilire un chiaro movente, ma sapevamo *esattamente* dove andare a cercare informazioni sulla loro vita.

La nostra prima tappa fu la pasticceria di Oliver, dove facemmo scorta delle sue famose ciambelline alla marmellata. «Tu stamattina hai visto qualcosa in piazza?» gli chiesi mentre ci impacchettava i dolci in una scatola e incartava un bocconcino con la salsiccia, per Oscar.

«Intendi a parte l'asino che mi ha rovesciato il cartello?» chiese Oliver.

«Tecnicamente non era un asino, ma un somaro,» precisò Quoth con timidezza.

«Ah, a proposito di asini, è arrivato quel tizio americano, con la pretesa che gli preparassi una scatola di dolcetti anche se gli avevo detto che avremmo aperto solo dopo venti minuti,» disse Oliver. «Continuava a guardarsi alle spalle mentre gli riempivo la scatola, e mi ordinava di sbrigarmi.»

«Cosa ha preso? Fammi indovinare... una dozzina di ciambelle alla marmellata?» chiesi. «Un pasticcio di carne con le patatine?»

«Gli abbiamo visto una grossa macchia rossa sul colletto,» spiegò Quoth. «Abbiamo pensato che fosse di qualcosa che aveva mangiato qui.»

Oliver scosse la testa. «Niente a che fare con il mio cibo. Non ha ordinato nulla che contenesse salsa di pomodoro, né marmellata. Principalmente dei cupcake e delle focaccine al formaggio. Quella macchia se l'è fatta da un'altra parte.»

Tipo con il sangue di Rasmussen che gli è schizzato addosso mentre lo colpiva con il First Folio?

Oliver ci consegnò la nostra scatola. Il profumo era fantastico, ma riuscii a non aprirla e a non divorare metà del contenuto prima di arrivare alla nostra destinazione. Io e Oscar dovemmo praticamente trotterellare per tenere il passo di Quoth, che attraversò di corsa il campo da cricket verso il Nuovo New Globe. «Signora Ellis,» chiamai mentre aprivo la porta del palcoscenico. «Abbiamo dei dolcetti.»

Quando entrammo nell'area del backstage, la signora Ellis e le sue amiche si allontanarono di scatto, con la faccia di chi si sente in colpa per qualcosa. «Mina, Allan, che sorpresa. Ci aspettavamo di vedervi più tardi, con tutto il fermento che c'è in paese.»

«Cosa fate tutte qui?» chiese Quoth esitante, anche se sapevamo benissimo perché erano lì. «Nessuno degli attori è stato convocato prima di questa sera.»

«Oh, beh...,» farfugliò Cynthia Lachlan. «Vedi, stavamo...»

«Stavate solo spettegolando sull'omicidio del signor Rasmussen, ecco cosa stavate facendo.» Girai una sedia e ci posai sopra la scatola del panificio. «E noi vogliamo sapere tutto.»

18

«Sapete,» disse la signora Ellis mentre addentava la terza ciambella alla marmellata. «Voi due siete investigatori molto più bravi di quell'idiota dell'ispettore Hayes. Lui non crede che le nostre informazioni siano particolarmente utili.»

«Gliel'abbiamo detto che il vostro amico Puck era un giovane del tutto innocuo,» aggiunse Sylvia Blume, spazzolando via delle briciole dal vestito di velluto. «E pensare che i soldi dei nostri contribuenti vengono sprecati per questa farsa, quando il vero assassino è ancora in giro. Ma ve lo immaginate? Credere che quel delizioso giovanotto possa trasformare qualcuno in un asino? Ma è assurdo.»

Accanto a me, Quoth emise un suono soffocato. Poi spostò di scatto lo sguardo a un punto dietro la testa della signora Ellis. Pochi istanti dopo, un paio di mani invisibili afferrarono i capelli azzurrini dell'anziana signora e li attorcigliarono a formare due corna da diavolo.

Puck era lì.

«Sappiamo bene che tra le orecchie l'ispettore Hayes ha una

matassa di cotone, al posto della testa» commentò lei. «Non ha nemmeno voluto ascoltare la mia teoria secondo la quale l'assassino è un fanatico di Shakespeare, deciso a rimettere in scena le più celebri uccisioni del Bardo. Nessuno ha insegnato a quel giovane che dovrebbe ascoltare i più anziani?»

Io risi all'idea che Hayes, con i suoi capelli grigi e gli occhi stanchi, potesse essere considerato giovane.

Quoth versò a Sylvia un altro bicchiere di tè. «Tu hai sempre delle intuizioni così profonde,» le disse con voce dolce e gentile. «Credo che se qualcuno potesse vedere nel cuore del nostro assassino, quella saresti tu.»

«Grazie per averlo notato, giovanotto,» Sylvia toccò il cristallo che portava al collo. «Possiedo il dono della seconda vista, anche se molti dubitano della validità delle mie visioni.»

E a ragione, pensai, ma non lo dissi. *Le visioni di Sylvia sono il risultato di chi fissa una bottiglia di vino vuota, altro che dono paranormale.*

Sylvia si sfregò le tempie e iniziò a mormorare qualcosa sottovoce. Quoth si sporse in avanti sulla sedia, completamente rapito dalla sua performance. Il mio uccellino sapeva far sentire speciali le persone, in modo che si rilassassero e si aprissero con lui. Sylvia osservò con piacere l'espressione di Quoth, poi batté il palmo della mano sul tavolo e annunciò: «Gli spiriti mi hanno parlato e mi hanno detto che la polizia dovrebbe osservare con più attenzione Zenzile Monroe.»

«Oh, non saprei, Sylvia,» replicò Hazel Barrowly leccandosi la marmellata e la crema dalle dita. «Magari Zen lo odiava anche, quell'uomo, ma non riesco proprio a immaginare che abbia potuto rovinare quel libro prezioso sporcandolo di sangue.»

«Io sì, invece. Se era abbastanza disperata,» commentò la signora Ellis sfregandosi le mani con gioia. «Voi sapevate che il comune ha minacciato di chiudere il Museo shakespeariano?»

Mi sporsi in avanti. *Ecco. Questo è ciò per cui siamo venuti. Nessuno conosce il sordido ventre del villaggio come la signora Ellis e le sue vecchie befane.* «No! Davvero?»

«Ne hanno parlato al consiglio comunale il mese scorso. L'hanno tenuto aperto così a lungo perché effettivamente ha un valore culturale, ma il nuovo sindaco sta tagliando i fondi e non vuole uno stillicidio di denaro. Per Zen, quel museo è tutto. È ovvio che sia distrutta. Se fosse riuscita a convincere Rasmussen a donare il suo First Folio, avrebbe potuto salvare il museo.»

«Ma questo sarebbe stato un motivo per tenerlo in vita, non per ucciderlo, no?»

«Non necessariamente.» Sylvia prese un'altra ciambella. «Gli spiriti non sono molto chiari sulle sue motivazioni. Però Zen potrebbe essersi infuriata quando lui si è rifiutato di donare il libro e poi, in preda alla rabbia, lo ha colpito senza rendersi conto che il suo colpo sarebbe stato mortale.»

«O magari era tutto calcolato?» suggerì la signora Ellis. «Zen sapeva che Shelley Rasmussen era favorevole alla donazione del First Folio. Se avesse fatto fuori Jasper, Shelley avrebbe ereditato l'azienda e poi le avrebbe regalato il libro.»

Disperazione o premeditazione? Mi ricordai di quando avevamo incontrato Zen nella piazza e di come sembrava agitata. Poteva essere lo shock per ciò che aveva fatto, oppure un tentativo di nascondere il suo crimine, con una recitazione un po' gigionesca. Ci aveva detto che era andata a trovare Rasmussen e che aveva trovato la porta chiusa. Invece noi, pochi minuti dopo, l'avevamo trovata aperta. Poteva averci mentito.

«Ma non è l'unica che ha dei problemi finanziari,» aggiunse Cynthia, avvicinandosi con fare cospiratorio. «Grey mi ha detto che Miles Stapleton ha ipotecato la casa per pagare i lavori di costruzione del Nuovo New Globe. Senza nemmeno dirlo alla moglie. Se il Festival dovesse fallire, lui perderebbe tutto.»

Non potevo credere che Miles avesse fatto una cosa così stupida. Ma, comunque, una mossa finanziaria azzardata poteva bastare per trasformarlo in assassino?

«Se anche fosse vero, perché Miles avrebbe dovuto uccidere Rasmussen?» chiese la signora Ellis sorseggiando il suo tè con il gusto di una Miss Marple che esamina un omicidio davvero raccapricciante. «Questo omicidio ha fruttato al Festival incertezze finanziarie e commenti negativi sulla stampa: a Miles non potrebbe andare peggio di così. No, non ha senso. Ma non credo nemmeno che sia stata Zen a commettere questo crimine. Se non altro perché non oserebbe mai trattare un First Folio con così poco rispetto. Credo che dovremmo tenere d'occhio il signor Hiram Abernathy e sua moglie Dolores.»

«L'ho conosciuta stamattina,» replicai. «Mi è sembrata adorabile.»

«Oh, lo è. Solo che le piace che le cose vadano come vuole lei, e Hiram trema al solo pensiero di scontentarla. C'è chi insinua che se suo marito non le procurerà questo libro entro oggi, per il suo compleanno, lei userà le sue budella per farsi un paio di giarrettiere. Forse l'uomo se l'è vista brutta e quando il signor Rasmussen non ha voluto vendere, è diventato violento.»

«È un texano,» rifletté Cynthia. «I texani sono famosi per... aver fretta di arrivare al dunque.»

Le signore scoppiarono a ridere.

«Anche colpire Rasmussen alla testa non sembra esattamente nel suo stile,» commentò la signora Ellis. «Lo vedrei meglio in una cosa più da cowboy, tipo pistole, nel parco, all'alba.»

«Sì, ma ti prego... non dimentichiamoci da dove viene. La gente in Texas beve il tè con *ghiaccio* e *limone a fette*.» Cynthia arricciò il naso tenendo ben stretta in mano la sua tazza da tè come se fosse un gioiello prezioso. «Non si può sapere di cosa sarebbe capace qualcuno che tratta così male il tè.»

«E che dire di Shelley Rasmussen?» chiese Quoth offrendo un altro giro di ciambelle. «Intorno all'ora dell'omicidio è stata vista nel parco, e qualcuno le ha sentito professare l'amore per il padre.»

«Oh, già, Shelley. Quella sì che è una fanciulla strana,» commentò Hazel. «Usciva con il mio Fergus, lo sapevi? Lui dice che è carina, ma che c'erano troppe cose della sua vita che non riusciva a spiegarsi.»

«Tipo?» chiese Quoth.

«Sai, vive nelle case popolari e la maggior parte delle volte non riesce a mettere insieme il pranzo con la cena, però spesso si presenta con vagonate di contanti. L'estate scorsa ha persino portato il mio Fergus in vacanza a Ibiza. Gli ha raccontato che suo padre era un ricco londinese e che quando veniva preso dai sensi di colpa per averla trascurata, le mandava dei soldi. Non ti sembra un rapporto padre-figlia un po' strano?»

In realtà, no. Ero tentata di rispondere. *È abbastanza normale che i genitori assenti cerchino di compensare gettando denaro sulla prole. Alcuni di loro gettano intere librerie.*

«A me non dispiacerebbe se mio padre mi mandasse grandi quantità di denaro senza motivo,» commentò Sylvia con un sospiro teatrale. «Tutto ciò che ricevo da lui sono le esorbitanti bollette della casa di riposo e qualche telefonata ogni tanto in cui mi chiede se so dove ha messo la dentiera.»

«Il mio Fergus ha pensato che Shelley potesse essere una spacciatrice,» rivelò Hazel. «Tutti quei soldi in contanti e poi... si sa cosa combina la gente che vive nelle case popolari. Senza offesa Mina, ovviamente...»

Strinsi i denti ma decisi di lasciar correre il commento di Hazel sulla mia casa. Mentre le signore si lanciavano in un acceso dibattito sugli abissi di dissolutezza in cui Shelley Rasmussen poteva essere sprofondata, avevo lo stomaco serrato per la paura.

Quoth aveva tutte le pettegole del villaggio che pendevano dalle sue labbra, ma non eravamo affatto vicini a scoprire chi avesse ucciso Jasper Rasmussen, né perché.

19

Ben presto l'area del backstage si riempì di attori che si stavano vestendo e preparando per la serata di apertura del Festival, così per un paio d'ore non ebbi il tempo di pensare all'omicidio del signor Rasmussen perché ero impegnata a sistemare rifiniture e ripassare gli orli. Quoth, vestito di nero dalla testa ai piedi e con tutto l'aspetto del cantante sexy e depresso di un gruppo goth, si muoveva rapido sul palco per sistemare gli oggetti di scena e le scenografie da spostare tra un atto e l'altro.

«La stampa londinese ha prenotato uno dei palchetti,» mi comunicò mentre passava con in mano il pugnale di Lady Macbeth da mettere sul tavolo degli oggetti di scena. Sembrava nervoso. Lo capivo. Sapevo che i giornalisti stavano costruendo la loro storia del Festival attraverso la lente dell'omicidio di Rasmussen. Dovevamo dimostrare loro che nel villaggio di Argleton... *the show must go on.*

«Non temete,» gridò Morrie. Entrò brandendo la spada con il kilt al vento. «Sono io, *Macbeth*, e sono qui per salvare lo spettacolo.»

«Non pronunciare quel nome!» gridò Andy l'Aggiustino, che

interpretava Macduff. E iniziò a roteare vorticosamente su se stesso.

«Ah, è vero.» Morrie si diede una manata in fronte. «Ho dimenticato che non devo dire *Macbeth*.»

«Aaahhh!» Tutti saltarono via dalle sedie del trucco e si lanciarono in balletti scatenati in giro per la stanza, cantilenando battute che in teoria avevano lo scopo di annullare la maledizione.

Morrie si accomodò alla sua postazione da trucco con un sorriso perfido e Sylvia si mise all'opera per trasformarlo nel re scozzese.

Heathcliff arrivò un attimo dopo, vestito di nero, con un aroma di torba e sudore e quella deliziosa, innominabile Heathcliffità che mi faceva tremare le ginocchia. Si mise ad aiutare Quoth a sistemare alcuni dei pannelli più pesanti, ma si avvicinò per darmi un bacio sulla guancia e per sbirciare il kilt di Morrie con un misto di repulsione e desiderio.

«Sei pronta a prendere posto tra il pubblico?» mi chiese stringendomi un braccio. «Possiamo lasciare qui quella canaglia di un re, a contemplare le sue varie azioni nefaste.»

«Il bello è brutto, e il brutto è bello.» Morrie sollevò una gamba sul tavolo da trucco, offrendo a Heathcliff il panorama da sotto il suo kilt. A giudicare da come Heathcliff si irrigidì, lo stava indossando nel modo tradizionale scozzese.

«Stai fermo.» Sylvia strattonò i capelli di Morrie. «Abbiamo quasi finito.»

«Sipario tra cinque,» disse a voce alta Miles attraversando lo spazio a grandi falcate, con voce tremante per il nervosismo. «Tutti ai propri posti.»

«Cos'è quello?» Heathcliff indicò qualcosa attaccato allo specchio.

«Oh, è un biglietto. Deve essere di uno dei miei tanti ammiratori.» Morrie lo prese e aprì il foglio. Lesse il messaggio ad alta voce. «Dice: "So che stai indagando sull'omicidio di Rasmussen. Incontriamoci fuori dall'uscita artisti dopo lo spettacolo. Ho una cosa importante da dirti". Non è firmato.»

«Riconosci la scrittura?» chiesi. «E la carta?»

«Non mi interesserebbe nemmeno se arrivasse dalla regina in persona, maledizione,» sbottò Heathcliff. «Non andremo a nessun appuntamento con un anonimo scrittore di biglietti in un vicolo nascosto. Vorrebbe dire andare in cerca di morte certa. Per dissanguamento.»

«Ma non è un biglietto minaccioso,» feci notare. «Dice solo che ha delle informazioni e forse ha troppa paura per parlarci di persona. Deve essere qualcuno del cast o della troupe, perché ha messo il biglietto sullo specchio di Morrie. Questo vorrà dire che l'assassino fa parte del cast?»

«Darei tutta la mia fama per un boccale di birra.» Heathcliff mi strattonò verso la porta. «È di vitale importanza che arriviamo al bar prima che chiuda.»

«Ci penseremo dopo lo spettacolo, bellezza.» Morrie si aggiustò il kilt e si chinò per baciarmi. «Il palco è pronto, le luci sono abbassate e la folla chiede *Macbeth* a gran voce!»

Tutti i presenti emisero un gemito.

IL SORRISO MALVAGIO di Morrie che spariva dietro le quinte mi illuminò il cuore. Ormai avevo finito il mio lavoro, così io, Heathcliff e Oscar sgattaiolammo fuori dal palcoscenico e ci unimmo agli spettatori in piedi, nello spiazzo davanti al palco. Heathcliff andò a prendere da bere e io mi appoggiai al bordo del palcoscenico mentre una luce arancione illuminava il calderone e il trucco da megera delle tre streghe, con i loro posticci nasi a uncino.

«Quando ci rivedremo ancora?» recitò mia madre. «Con tuoni, lampi o pioggia?»

Architettarono il loro incontro con il nostro sventurato re e poi la scena cambiò e diventò un accampamento militare, dove il re Duncan di Scozia ricevette la notizia che i suoi capitani Macbeth e Banquo avevano combattuto con grande coraggio, e Macbeth aveva ucciso il traditore Macdonwald. Nella scena successiva, le streghe tornarono per un altro incantesimo e Morrie salì sul palco accanto a Oliver, che interpretava Banquo. Il mio genio del crimine era un magnifico Macbeth, splendente nel suo kilt e con la spada, mentre attirava la bella moglie nella rete. Accanto a me, Heathcliff digrignava i denti e strizzava il bicchiere di plastica nella sua enorme mano. Anche io ero molto presa e mi si seccò la gola, a vedere la sicurezza che Morrie emanava mentre si muoveva a suo agio sul palco e tracciava il suo sanguinoso percorso verso il trono.

Aveva ragione: era proprio nato per interpretare quel ruolo.

E anche Zen era molto brava. Si vedeva che amava il ruolo che le era stato affidato e che dava tutta se stessa per essere una Lady Macbeth terrificante. E mia madre, Cynthia e la signora Ellis nei panni delle streghe facevano scompisciare il pubblico dalle risa con le loro buffonate.

Con le luci spente non riuscivo a vedere Quoth, ma avrei riconosciuto i suoi passi leggeri ovunque, mentre aiutava il personale a montare le scenografie e a sistemare gli oggetti di scena. Le luci si riaccesero, rivelando la scena della camera da letto di Lady Macbeth, ma lei non si vedeva.

Heathcliff puntò un dito e io sussultai quando vidi Zen, con indosso un abito bianco svolazzante punteggiato di sangue, che si aggirava avanti e indietro tra l'anello più alto delle gallerie e il balcone al di sopra del palcoscenico, torcendosi le mani con frenesia. Il Medico e la Gentildonna apparvero sul palco e parlarono di come fosse piombata nella follia.

«Vattene, maledetta macchia,» gridò Zen. «Vattene, ti ho detto...»

Mentre si sfregava le mani, con azioni sempre più sconnesse, si arrampicò sul bordo della galleria per posizionarsi sullo stretto cornicione, proprio al di sopra del pubblico nell'arena. La camicia da notte le sventolava intorno alle gambe e lei si agitava e traballava tre livelli più in alto delle nostre teste.

La folla trattenne il fiato. Io mi sentivo stringere il petto, ma poi mi dissi che Zen era perfettamente al sicuro. Non riuscivo a vedere il sistema di cavi che aveva sotto il costume, ma sapevo che era stata assicurata all'apparato progettato con precisione matematica da Morrie, che l'avrebbe riportata a terra in tutta sicurezza.

Nell'opera teatrale, il suicidio di Lady Macbeth avviene fuori scena, ma la signora Ellis aveva osservato che sesso e violenza fanno vendere biglietti, quindi aveva preteso più sangue e orrore possibile sul palcoscenico. Zen aveva il viso coperto dai capelli aggrovigliati, mentre urlava le sue battute. «Sa ancora di sangue. Tutti i balsami d'Arabia non profumeranno questa piccola mano. Oh, oh, oh.»

Le luci divennero di un rosso cupo. Zen si torceva le mani e la musica cresceva. Poi fece un passo oltre il bordo.

Le sue parole si trasformarono in un grido.

Qualcosa mi raggelò il sangue.

All'improvviso, il suo urlo si interruppe con un terribile CRUNCH.

La band si zittì.

La folla si immobilizzò.

«Non credo che sia sangue di scena,» disse Heathcliff.

Non vedevo, ma dovevo *sapere*. Nessuno si mosse. Nessuno parlò.

Dobbiamo aiutarla.

«Zen. Ci senti?» Ordinai a Oscar di muoversi. Heathcliff mi prese sotto braccio e si fece strada tra la folla attonita. Alle nostre spalle, sentii la familiare falcata di Morrie che attraversava il palco di corsa per raggiungerci.

Heathcliff si inginocchiò e mi tirò giù accanto a lui. Zen era un mucchio scuro a terra, con le gambe ripiegate ad angoli impossibili. L'aria puzzava del sapore acre del sangue fresco. Heathcliff si era appoggiato la sua testa sul grembo e la cullava. «Andrà tutto bene,» le sussurrò.

Dalla sua voce capii che si era molto, molto lontani dall'andare tutto bene.

«Mina...» disse lei con un colpo di tosse. Poi allungò una mano insanguinata verso di me. «Il mio biglietto. Devi...»

Ma non riuscì a finire la frase.

La testa le crollò di lato. Heathcliff le diede un colpetto sulla guancia, ma lei non rispose.

Se n'era andata.

20

«È morta,» annunciò Heathcliff.

«Chi avrebbe mai detto che avesse così tanto sangue in corpo,» cantilenò Puck, apparendo accanto a noi in uno sfarfallio di faville.

«Stai zitto,» mormorò Heathcliff. «E sparisci da qui. La polizia sta arrivando.»

«Ora il leone affamato ruggisce, e il lupo guarda la luna...»

«*Vattene*, Puck.» Per una volta, Morrie non era in vena di scherzare. Fissava il corpo che aveva in grembo mentre, tutto raggomitolato e con le spalle ingobbite, stringeva con le lunghe dita le maniche del costume. Sapevo che si sentiva responsabile: aveva progettato lui il sartiame, che si era strappato nel momento peggiore.

Quoth mi tirò vicino a sé e mi strinse tra le braccia. Affondai il viso nella sua spalla, lasciando che i suoi capelli scuri ricadessero su di me come fossero una tenda, per proteggermi da quell'orrore.

Eravamo soli. Appena avvenuto l'incidente, Heathcliff e Morrie entrarono in azione. A causa della struttura del Nuovo

New Globe, non c'era un sipario che si sarebbe potuto usare per nascondere il corpo di Zen alla vista dei presenti, quindi la cosa migliore era fare uscire tutti. Heathcliff usò la sua ineffabile arguzia e il suo fascino (cioè la sua imponente mole e le sue violente minacce) per fare sciamare il pubblico terrorizzato fino alla birreria all'aperto, in attesa che arrivasse la polizia. La signora Ellis e i suoi volontari dall'occhio di falco si assicurarono che nessuno se ne andasse prima di essere stato interrogato.

Il che significava che ora non avevamo nessuno intorno a impedirci di studiare la scena di nascosto. Non avremmo dovuto toccare il corpo prima dell'arrivo della polizia (almeno, non più di quanto avessimo già fatto, visto che quando Zen era morta la sua testa era in grembo a Heathcliff), ma Quoth non si lasciò fermare. Si chinò su Zen, avvicinandosi per cercare indizi. Poi, insieme a Morrie, ispezionò il sartiame.

«Almeno so che il mio progetto non aveva difetti,» osservò Morrie. «Vedi questi moschettoni? Quelli che ho usato io erano in acciaio ed erano stati progettati per reggere un peso cinque volte superiore a quello di Zen. Però sono stati sostituiti con altri, più economici e fragili. Guarda, quando Zen ha insistito con tutto il suo peso sulle corde, si sono tranciati.»

«Li avevo controllati io,» dichiarò Quoth, con la voce strozzata dalle lacrime. «Ho controllato ogni singolo elemento della struttura proprio oggi pomeriggio, esattamente come mi hai mostrato tu, e poi ho controllato di nuovo prima che lei si infilasse l'imbracatura. Ti garantisco che quei moschettoni erano quelli giusti.»

«Sssh, uccellino, ti crediamo,» disse Morrie. «Ma questo non cambia il fatto che la struttura sia stata sabotata. Si tratta di un omicidio.»

«Chi ha avuto accesso alle corde dopo che Quoth ha controllato Zen?» chiesi.

«In teoria, chiunque.» Morrie indicò un settore dei posti a sedere nella galleria più alta. «Le corde sono manovrate dalla postazione luci, dietro il pubblico sul terzo anello. Chiunque, tra attori e pubblico, avrebbe potuto passare e sostituire i moschettoni mentre il tecnico delle luci era distratto. Ogni persona presente in questo teatro stasera è un sospetto assassino.»

Quoth si prese la testa tra le mani. «Se fossi stato più attento, non sarebbe morta.»

«Non ti puoi prendere tu la colpa, uccellino.» La voce di Morrie si fece incerta. «Questa volta è colpa mia.»

Morrie si girò bruscamente e si diresse verso un lato del palco. Io dissi a Oscar di seguirlo e andai a sedermi accanto a lui. «Tutto bene?»

«Meglio di lei,» rispose, torcendosi le mani in grembo. Era un atteggiamento strano per Morrie: di solito non mostrava compassione per le vittime su cui indagavamo. Preferiva pensare a un omicidio come a una serie di interessanti enigmi. Ma la morte di Zen lo aveva colpito.

«Vuoi dirmi cosa ti rode? Perché Quoth è laggiù che sta dando di matto dicendo che è colpa sua e che non può essere colpa *di tutti quanti*.»

La mia era una battuta, ma vidi Morrie strizzare gli occhi e avrei voluto rimangiarmela. «Tutto quello che riesco a pensare è che qualcuno l'ha presa prima che potesse dirmi quello che sapeva.»

«In che senso?»

«Il biglietto l'ha scritto lei. Le ho trovato una lista della spesa in tasca e ho confrontato la calligrafia.» Morrie dispiegò il biglietto che gli aveva lasciato e lo lesse di nuovo. «"Incontriamoci fuori dall'uscita artisti dopo lo spettacolo. Ho una cosa importante da dirti". Cosa pensi che volesse dirci? Ammetto che quando l'ho letto per la prima volta ho pensato che qualcuno volesse confessare, ma...»

«Ma ora che è stata uccisa,» aggiunsi, «sembra che conoscesse l'identità dell'assassino.»

21

Con il Festival shakespeariano ufficialmente sospeso e con il Nuovo New Globe che pullulava di polizia, i locali e i turisti non avevano altro da fare se non andare in giro a divertirsi. Cosa che fecero nel tipico stile dei villaggi inglesi, cioè invadendo il pub e spettegolando all'infinito sugli omicidi.

Si sparse la voce (grazie tante, signora Ellis) che stavamo indagando sull'omicidio e così la libreria Nevermore diventò affollata come non mai, con gente che rovistava tra le nostre scorte di Shakespeare e condivideva infinite teorie sul movente dell'assassino. Alcuni credevano che fosse stato un critico a uccidere Zen perché era una pessima Lady Macbeth, mentre altri pensavano che si trattasse di un amante geloso che voleva farla soffrire alla maniera di Shakespeare.

Ero così impegnata alla cassa e a rispondere a oltraggiose teorie che per tutto il giorno non ebbi più il tempo di pensare al caso. Alla fine, non ne potevo più e cacciai tutti dal negozio con la promessa che ci saremmo ritrovati al pub per continuare a risolvere il caso davanti a una pinta di birra. Passai da una stanza all'altra, accompagnando i ritardatari alla porta e sbattendola alle loro spalle. Avevo i piedi che mi facevano male. Le mani mi puzzavano per avere toccato così tante vecchie pagine piene di inchiostro, e avevo un disperato bisogno di bere.

Stavo per andare al piano di sopra a farmi una doccia quando sentii qualcuno tossire nell'ingresso. *Merda, ho dimenticato di sprangare la porta?*

«Siamo chiusi,» dissi. Nessuno rispose, ma quando girai l'angolo andai a sbattere contro un cliente.

«Uff.»

«Mi dispiace,» mi disse una voce familiare. La figura fece un passo indietro, finendo sotto una delle lampade che avevo posizionato, e riconobbi la felpa con il cappuccio da pipistrello. «Tu sei Mina, giusto?»

«Certo. E tu sei Bree. Mi ricordo la tua felpa.»

«Grazie.» Bree abbassò la voce. «Senti, ieri sera ero a teatro. Ho visto cosa è successo a quella povera donna. E ho sentito dire in giro che forse stai indagando in segreto su questi omicidi.»

«Non mi sognerei mai di mettere in difficoltà la nostra polizia,» replicai in automatico.

«Non sono qui per criticarti. La polizia non sarebbe in grado nemmeno di organizzare una sbronza in una birreria.» Bree si guardò alle spalle. Scrutai anche io, con gli occhi socchiusi, ma non riuscii a vedere nulla, anche se non ero proprio attendibile. Quando si voltò e riprese a parlare, la sua voce era ancora più bassa «Forse potrei aiutarti.»

«Come?»

«Okay, allora, per prima cosa ti ho inviato le immagini che ho scattato del First Folio. Potrebbero essere utili, visto che suppongo che ora ce l'abbia la polizia.»

«In realtà l'hanno restituito oggi,» le dissi. «Ora appartiene a Shelley Rasmussen, ma con la scomparsa di Zen e la chiusura del Museo ha deciso di prestarlo a Miles perché lo esponga in teatro non appena i restauratori avranno ripulito il sangue. Ma non so quando potrò vederlo, quindi le foto mi saranno molto utili, grazie.»

«Non c'è di che. E...» Fece una pausa, spostando il peso da un piede all'altro, in evidente imbarazzo. «Non è facile per me e ti prego di non pensare che sia una tipa stramba.»

«Bree, ti garantisco che non puoi essere più stramba di me. Dimmi di cosa si tratta.»

«Okay, diciamo che per puro caso conosco da vicino un... esperto locale del periodo shakespeariano. Qualcuno con cui sono sicura ti piacerebbe molto parlare ma che, per una serie di motivi, non può parlarti.»

Sta parlando di Zen.

Bree continuò. «E questo... ehm, rinomato studioso mi ha detto di dirti di guardare il giglio.»

«Cosa?»

«Il giglio. Devi guardare il giglio. Non posso dirti altro.» Bree si allontanò dalla luce e il suo viso tornò in ombra, il che me la rese invisibile. «Non ho idea di cosa voglia dire, ma a quanto pare crede che capirai.»

«Aspetta. Come fai a sapere...»

«Buona fortuna, Mina.»

«Bree?»

I passi si allontanarono in fretta. Io feci per prenderla tendendo una mano nell'oscurità, ma afferrai solo aria.

Bree non c'era più.

Beh, davvero bizzarro.

Guarda il giglio. *Cosa può significare? E come può aiutarmi a scoprire un assassino?*

E come ha ricevuto questo strano messaggio Bree?

22

«Guarda il giglio,» disse Morrie riflettendo su quel messaggio criptico. «Sembra che qualcuno si sia fumato un po' troppa di quell'erba santa di Dio.»

«Magari è una persona?» suggerì Quoth. «Qualcuno che si chiama Giglio?»

«Per quanto ne sappiamo, potrebbe anche essere il nome della sua pornostar preferita,» ragionò Heathcliff. «È troppo criptico per essere un indizio. Non abbiamo nulla su cui basarci e, nel frattempo, la polizia è al teatro, e staranno di sicuro cercando di inchiodare Morrie, dato che non riescono a trovare un folletto in giro per Londra.»

Era vero. La polizia era tornata da Londra senza trovare il loro uomo e, dato che nessuno al teatro aveva riferito di aver visto Puck, al momento non lo stavano cercando. Ma non per questo eravamo fuori dai guai. C'era da aspettarsi che ora avrebbero accusato Morrie di aver sabotato i moschettoni. Dovevamo scoprire chi era il vero assassino, prima che colpisse di nuovo. E l'unico indizio che avevamo era il messaggio criptico di Bree da parte di Zen.

«Ma poi, i due crimini sono collegati?» chiese Heathcliff. «Abbiamo già fatto questo errore in passato.»

Aveva ragione. Nel caso degli omicidi del Club dei Libri Banditi ci eravamo persi perché pensavamo che ci fosse un solo assassino mentre in realtà ce n'erano due. Ma ora ero certa che la mano fosse la stessa. Quegli omicidi erano troppo appariscenti, troppo... shakespeariani.

«Sono collegati, ne sono certa,» proclamai. «Ricordate cosa ho sentito dire da Rasmussen e Delacroix alla serata di apertura? Rasmussen pensava di essere "al sicuro" ad Argleton, il che implicava che a Londra *non lo era stato*. E Delacroix voleva ritirare il libro dall'esposizione al pubblico. Forse avevano ricevuto delle minacce? E qualunque fosse il motivo che li rendeva insicuri, qualsiasi dettaglio Zen conoscesse, lei ne ha pagato il prezzo. E finché non avremo un'altra pista, se questo Giglio potrà darci la risposta...»

«Ah. Rasmussen aveva un vaso di fiori sulla scrivania,» disse Quoth. «L'ho notato quando sono entrato per origliare ciò che diceva la polizia. Non ricordo, ma magari era un giglio.»

«Deve essere quello,» convenni, ricordando il vaso con il piccolo fiore scarlatto. «Voglio dire, non ha senso che una pianta possa darci un indizio, ma se quello che cerchiamo è una pianta, allora deve essere una di quelle presenti sulla scena del crimine.»

«Sei sicura che dovremmo fidarci di questa tua nuova amica?» chiese Morrie. «Come facciamo a sapere che ha davvero parlato con Zen prima che morisse? E perché Zen le avrebbe affidato un indizio così importante? Non sono sicuro che abbia tutte le rotelle a posto. L'ho incontrata nella sezione Viaggi e stava discutendo animatamente con se stessa se si chiamasse Istanbul o Costantinopoli. Io le ho detto di pensare a quella canzone degli anni Cinquanta.»

«Mi fido di Bree,» replicai, anche se Morrie aveva ragione:

sembrava un po' fuori di testa e non avevo motivi particolari per fidarmi di lei, a parte il fatto che aveva un notevole gusto in fatto di abbigliamento. Ma non riuscivo a togliermi dalla testa il ricordo del tremolio della sua voce quando mi aveva parlato del giglio. «Forse non si tratta del giglio in sé. Magari attaccata sotto il fondo del vaso c'è una chiave che apre le segrete del sesso di Rasmussen.»

«Segrete del sesso?» Morrie si alzò di scatto. «Andiamoci.»

«Andiamo *dove*?» chiese Quoth.

«A fare irruzione sulla scena del crimine, ovviamente.» Morrie assunse una posa teatrale, agganciando le dita al kilt. «Troveremo le risposte, o io non mi chiamo *Macbeth*...»

«Di' pure quella parola quanto vuoi,» sbottò Heathcliff. «Io non ho intenzione di fare nessuna stupida danza. Se verrai cacciato dalla città per aver fatto cadere una maledizione sulle teste degli attori, te ne assumerai la responsabilità.»

MI ACCOVACCIAI tra i cassonetti nel vicolo dietro il negozio di Rasmussen, rannicchiata accanto al Napoleone del crimine. Lui sembrava del tutto imperturbabile alla prospettiva di infrangere l'ennesima legge in nome della risoluzione di un omicidio, e stava persino fischiettando sottovoce la melodia di *Istanbul not Costantinople*. Ero delusa da me stessa perché appena pochi giorni dopo che avevo giurato che non mi sarei più occupata di crimini, ero già tornata in pista, ma evidentemente non potevo sottrarmi.

Sentimmo un click sinistro, seguito da un sommesso «Cra.»

«Ottimo lavoro, uccellino,» sussurrò Morrie. Poi mi prese la mano e mi guidò verso la porta sul retro. Avevamo deciso che entrare dal vicolo posteriore sarebbe stato meno rischioso che passare dall'ingresso principale, soprattutto visto quanto era affollato in quel momento il pub che dava sul parco. Quoth era entrato da una finestra aperta dell'appartamento di Delacroix e aveva usato il becco per forzare la serratura dall'interno.

Morrie mi strinse la mano eccitato. Ci infilammo dentro, attraversammo un ripostiglio disordinato e passammo sotto il nastro della scena del crimine fino alla parte centrale del negozio. L'unica luce nel locale proveniva dalle finestre che davano sul parco, ed erano parzialmente ricoperte dagli alti scaffali pieni zeppi di libri costosi.

«Non vedo nulla,» dissi. Per fortuna, per quelle indagini non mi serviva la vista.

Ordinai a Oscar di guidarmi verso la scrivania. Toccai tutto intorno finché non trovai il vaso con la pianta sull'angolo della scrivania. Il terriccio era secco: dopo l'omicidio di Rasmussen nessuno l'aveva più annaffiato. Immaginai che Lawrence non fosse un amante dei fiori.

Sentii un leggero rumore di qualcuno che raschiava: Morrie aveva preso in mano il vaso e ne stava ispezionando la parte inferiore. «Nessuna chiave per nessuna segreta del sesso.» Sembrava deluso. «Niente cocaina nascosta tra il terriccio. Sembra un normalissimo... Ehi, uccellino, che tipo di fiore è questo?»

Ma ti sembro un botanico? rispose Quoth.

«Aspetta.» Cercai il telefono. «Ho un'app...»

Avevo scaricato l'app qualche settimana prima, perché nelle fioriere ai lati della porta della Nevermore c'erano più erbacce che piante, e volevo rimediare. Ma non sapevo cosa togliere e cosa lasciare, e i ragazzi non mi erano di nessun aiuto. Era un'app fantastica: puntavi il telefono su una pianta e ti diceva a quale specie apparteneva e se si trattava di un'erbaccia o di qualcosa di bello e/o utile.

Puntai la fotocamera sulla pianta e aspettai il segnale acustico che indicava che l'app aveva terminato la ricerca. Poi, il mio telefono mi lesse le informazioni.

«Congratulazioni, hai una *Sprekelia formosissima*, comunemente nota come giglio di San Giacomo o giglio degli Aztechi. Si tratta di un bulbo erbaceo perenne che non è un vero e proprio giglio, ma i suoi fiori scarlatti assomigliano a dei gigli, da cui proviene il nome volgare. È una pianta originaria del Messico e del Guatemala, introdotta in Inghilterra dagli esploratori nel 1658...»

«Che noia!» Morrie sbadigliò. «Ti dice se si fuma? Se dà allucinazioni o se ti fa crescere le corna sul pacco?»

«No, Morrie, *zitto!*» Fissai di nuovo il commento. C'era qualcosa che mi turbava, ma che non riuscivo a mettere a fuoco. Guardai attentamente l'immagine sullo schermo e la pianta avvizzita davanti a me...

"...introdotta in Inghilterra dagli esploratori nel 1658...»

...1658...

«Ecco,» esclamai.

«Che c'è?»

«Morrie, ti ho mandato le immagini che Bree ha scattato del First Folio. Ce n'è una della prima pagina di *Molto rumore per nulla*, vero?»

«Credo di sì.» Morrie picchiettò sul telefono.

«Mettila vicino al fiore e dimmi cosa vedi.»

«Ah.» Morrie alzò lo schermo per avvicinarlo al giglio. Non riuscivo a vedere bene i dettagli dell'immagine del Folio, ma prima che parlasse avevo già capito cosa stava per dire.

«Sembra identico a questo giglio di Rasmussen. Però...»

«Il giglio di San Giacomo fu scoperto e introdotto in Inghilterra per la prima volta nel *1658*.» Avevo il sangue che mi correva forte nelle vene. «Ma il First Folio è del 1623. È impossibile che un'illustrazione di *questo* fiore possa essere in *quel* libro. A meno che l'autore non abbia avuto accesso alle acque del Meles.»

Quindi: o il creatore del First Folio è un altro dei figli di Omero persi nel tempo, disse Quoth. *Oppure...*

"...Oppure questo è proprio ciò che Zen stava cercando di dirci,» sussurrai. «Ecco perché è stata uccisa. Il First Folio di Rasmussen è un falso.»

23

«Mi stai dicendo che quel bastardo impestato ha falsificato l'intero libro?» sbottò Heathcliff. «E l'ha fatta in barba a ben due esperti certificatori di Londra?»

«È diabolico,» commentò Morrie. «Sono davvero basito.»

«Prima di ingrifarti troppo e venirti nei pantaloni, ricordati che il tizio è stato assassinato,» sbottò Heathcliff.

Eravamo tornati alla Nevermore, ed eravamo tutti accalcati nella sala principale della libreria. Io, Morrie e Quoth stavamo aggiornando Heathcliff su ciò che avevamo appreso.

«Un First Folio è stato venduto per quasi dieci milioni da Christie's,» spiegai. «Che Hiram l'abbia tolto dal mercato prima che qualcun altro potesse fargli un'offerta, significa che deve aver ricevuto almeno quella cifra. Anche se Rasmussen ha impiegato mesi di lavoro per crearlo, si tratta di un ritorno ottimo.»

«Mi piacerebbe sapere come ha fatto,» disse Morrie. «Creare falsi è un'impresa seria. Non solo deve copiare *esattamente* il testo e le illustrazioni, ma anche l'inchiostro, la carta, la colla per le rilegature: tutto deve essere una copia perfetta di ciò che si usava all'epoca. Solo un ingrediente moderno e si viene scoperti immediatamente. Vorrei che potessimo chiedergli...»

Heathcliff gli diede un pugno sul braccio. Morrie gli fece la linguaccia e l'intera faccenda sarebbe potuta sfociare in una sessione di sesso lì, sulla scrivania, se Morrie non avesse ricevuto una telefonata proprio in quel momento. Andò dall'altra parte della stanza e rispose alla chiamata con quella voce bassa e minacciosa che usava con i suoi contatti criminali.

«Ora che sappiamo che si tratta di un falso, i nostri sospetti cambiano,» rifletté Quoth. «Se Hiram ha scoperto la trappola, si sarà di sicuro imbufalito, e ciò spiegherebbe anche perché non si è preoccupato di portare via il libro dopo averlo usato per colpire Rasmussen. E poi c'è Shelley, con tutti quei contanti provenienti da una fonte misteriosa...»

«E Miles?» sottolineai. «Prima l'abbiamo scartato perché non aveva un movente, però in effetti si trovava nei paraggi, al momento del furto. E se avesse scoperto lui che il First Folio era un falso?»

«Oh, lui lo sapeva benissimo,» disse Morrie, lasciando cadere il telefono sulla scrivania. «I miei contatti a Londra hanno appena scoperto Miles Shackleton che sta cercando di venderlo al mercato nero.»

24

Due ore dopo scendemmo da un treno a Londra, diretti verso un magazzino abbandonato, dove gli "amici" di Morrie trattenevano Miles.

«Lasciate che mi occupi io dell'interrogatorio.» Morrie si lisciò i capelli e si sistemò i polsini dell'abito immacolato. Mi si seccò la gola: potevo passare per una persona orribile, ma adoravo Morrie quando faceva il Signore del Crimine con noi. Avevo un debole per i bad boys, e James Moriarty era il più *baddissimo* di tutti. «Quoth, voglio che tu rimanga di guardia alla finestra per assicurarti che non arrivi nessuno. Tu, uomo grande, appoggiati alla porta. Non dire nulla, fai solo il cattivo. Ce la fai?»

«Non ho nemmeno bisogno di lezioni di recitazione.» Heathcliff si scrocchiò le nocche. «Ho un talento naturale.»

Il mio bad boy numero due. Serrai le cosce. *Spero che questo interrogatorio finisca presto, perché voglio disperatamente portare questi tre a casa e scoparmeli fino a distruggerli.*

«Mina, tu sarai la mia assistente,» disse Morrie. «Ti voglio al mio fianco. Sarai la sua dolce ancora di salvezza quando ne avrà di bisogno. Devi far capire a Miles che deve solo collaborare, e tutto finirà.»

«Cosa, finirà?» La mia voce si incrinò per il desiderio.

«Oh, io lo so. Ora lo scoprirai anche tu.» Le parole di Morrie mi percorsero tutta, fino alle dita dei piedi. Lasciai che mi prendesse per un braccio ed entrammo insieme nel magazzino. Fummo accolti da uno dei "collaboratori" di Morrie (non so quale fosse il suo compito, ma intuii che era abbastanza muscoloso da dare del filo da torcere a Heathcliff, quindi non avevo intenzione di chiedere nulla). Con riluttanza, tolsi a Oscar il cappottino e glielo consegnai. Oscar scrutò l'uomo con i suoi occhioni scuri e quel gangster che sembrava un mastodontico golem, si trasformò in morbida plastilina.

«Ma che bravo cagnolino!» disse con accento russo, grattando Oscar tra le orecchie. «Lo vuoi un dolcetto? Scommetto che vuoi un dolcetto. Ho dei *pirozhki* nel mio ufficio. Vuoi dei deliziosi *pirozhki?* Vieni con il vecchio Viktor e ti darò tutti i dolcetti che vuoi.»

Oscar seguì Viktor trotterellando e scodinzolando di gioia. Nemmeno a lui dispiacevano i gangster, purché avessero delle prelibatezze da offrirgli.

«Da questa parte.» Morrie ci fece strada lungo uno stretto corridoio. Puzzava di urina e di carne cruda macinata. Ci fermammo davanti a un'enorme porta d'acciaio. Morrie digitò una combinazione su una tastiera e la porta si spalancò. Entrai in una stanza con le pareti di cemento, illuminata da una pallida striscia di luce che fintrava da una sottile finestra sul muro. Mi venne la pelle d'oca sulle braccia, ma non per l'aria gelida.

Morrie accese una lampada e illuminò un uomo incatenato a una sedia, che si ritrasse terrorizzato. Non arrivavo a vedere fino agli angoli più bui, ma dall'odore e dall'acustica capii che la stanza era spoglia, fredda e priva di servizi igienici. Quoth mi passò in volo sopra la testa e sparì sul davanzale della finestra, a fare la guardia.

L'uomo era Miles Stapleton e sembrava che fosse rinchiuso lì dentro da mesi, non dal poco tempo che ci avevamo messo per arrivare da Argleton. Immaginai che Viktor non fosse particolarmente ospitale con i suoi prigionieri.

«Non siete la polizia,» balbettò Miles.

«No, vero.» Morrie produsse una sedia dall'oscurità e ci passò sopra una lunga gamba, in modo da mettersi a cavalcioni, rivolto verso lo schienale. Non aveva bisogno di mostrare nessun coltello: la sua sola presenza, insieme all'incombente malvagità di Heathcliff alle nostre spalle fecero tremare Miles. «E questa potrebbe essere una notizia buona, o cattiva, a seconda di come risponderai alle nostre domande. E se mi darai le informazioni che voglio, potrei addirittura consegnarti loro con tutte le dita intatte.»

«Mina, non so come tu ti sia immischiata con questo tizio, ma è un truffatore,» urlò Miles. «Guarda cosa mi hanno fatto i suoi scagnozzi! Io volevo solo organizzare un Festival shakespeariano...»

«Da te non ho intenzione di accettare nessun consiglio su chi frequentare, Miles. Tu hai rubato il First Folio,» dissi. «Oltre a uccidere Jasper Rasmussen e Zen Monroe.»

«No,» gridò.

«Non serve negarlo,» disse Morrie unendo la punta delle dita. «Eri in possesso del Folio e hai cercato di venderlo al mio amico Viktor. L'abbiamo identificato come quello appartenente a Rasmussen. E quella mattina che ti abbiamo incrociato nella piazza, eri reduce dall'omicidio di un libraio innocente.»

«Va bene, ho preso il Folio, d'accordo? Ma non ho mai fatto del male a Rasmussen. Non l'ho nemmeno visto quel giorno! E poi lui non era così innocente!»

Ah, eccoci al nocciolo della questione. Incrociai le braccia.

«Credo sia meglio che tu mi spieghi. Tu sapevi che il First Folio era un falso?»

«All'inizio no.» Miles si prese la testa tra le mani. «Quando me l'ha portato e mi ha proposto di esporlo al Festival, ho fatto le mie valutazioni. Rasmussen l'aveva fatto autenticare da due autorità shakespeariane di Londra. Mi ha mostrato le loro lettere e io ho anche parlato con uno di loro al telefono. Ero totalmente entusiasta di esporlo per il Festival: avrebbe attirato l'attenzione della stampa e portato nuovi investitori al Nuovo New Globe, e se l'avessi nominato libraio ufficiale del Festival, Rasmussen avrebbe diviso con me i profitti dei biglietti. Tutto stava andando alla perfezione, ma poi Zen ha deciso di ficcarci il naso. Ha pagato le sue due sterline per dare un'occhiata al Folio, ed è venuta subito da me a dirmi che secondo lei era un falso e che non avrei dovuto associarvi il mio nome perché l'intero Festival sarebbe stato screditato.»

«E come mai non l'hai detto alla polizia?» gli chiesi. Se la polizia avesse saputo fin dall'inizio che il Folio era falso, forse non avrebbe sprecato così tanto tempo a dare la caccia a Puck. E magari Zen sarebbe stata ancora tra noi.

«Come fai a sapere cosa ho detto, o non detto, alla polizia?» replicò di scatto Miles, tendendo le catene nel tentativo di avvicinarsi a me. In un istante Heathcliff aveva già attraversato la stanza, e incombeva su di lui. Miles deglutì e decise che forse era meglio stare calmo.

«Zen voleva che ne parlassi alla polizia, ma io le ho detto di non dire niente e di lasciare che me ne occupassi io. Probabilmente Rasmussen ha creato il falso per venderlo a qualcuno come Hiram Abernathy, qualcuno che non sarebbe stato abbastanza scaltro da subodorare la truffa. A me non importava niente del libro: mi bastava solo salvare il Festival. Per come la vedo io, il modo in cui Hiram decide di spendere i suoi soldi sono solo affari suoi. E se il pubblico si diverte a vedere il libro, che male c'è? Però, se fosse saltato fuori che il First Folio era un falso, l'intero Festival sarebbe stato screditato e... e...»

«E tu saresti stato rovinato,» concluse Morrie. «Sappiamo tutto sulla provenienza dei fondi per il Nuovo New Globe: l'ipoteca sulla tua casa.»

«Come fate a saperlo?» Miles tremò.

«Ti do un piccolo suggerimento,» replicai sorridendo. «Se vuoi mantenere il segreto sulle tue finanze, allora non assumere la pettegola del villaggio alla gestione del Festival.»

«Sì, sì, va bene,» sbottò Miles. «È vero che il teatro mi ha messo un po' in difficoltà. Ma pensavo di poter sistemare tutto. Mi sono alzato di buon'ora e sono andato a parlare con Rasmussen. Mi sono infilato nel vicolo dietro i negozi, perché avevo visto Zen in piazza e non avevo particolare voglia di incontrarla. La porta non era chiusa a chiave, così sono entrato, ma mentre attraversavo il magazzino l'ho sentito che litigava con la figlia.»

Shelley e il signor Rasmussen stavano litigando nel negozio? Mi sporsi in avanti. «Per quale motivo stavano litigando? Hai sentito qualcosa?»

«Lei urlava che lui le avrebbe rovinato tutto,» raccontò Miles. «Sembrava una cosa di famiglia e non volevo intromettermi, così uscii di nascosto dal retro e andai al pub. Pensavo di fare una delle famose colazioni di Richard per schiarirmi le idee prima di parlargli, e stavo camminando quando quell'asino ha attraversato la piazza e tutti si sono agitati. Quando è arrivata la polizia stavo mangiando la mia salsiccia con i fagioli.»

«Aspetta, sei passato dalla porta sul retro?» chiesi. «Ma era chiusa a chiave.»

«Non lo era, lo giuro. Sono uscito direttamente nel vicolo.»

E l'assassino l'ha chiusa a chiave dopo che sei uscito tu.

«Qualcuno può confermare che eri al pub?» chiese Morrie.

«Pensavo lo sapeste già,» sbottò Miles. «Visto che voi sapete sempre tutto.»

«Assecondaci.»

«Richard e altri cinque, più o meno, possono confermare che abbiamo avuto una bella conversazione sul tempo e sulle persone che lasciano che i loro maledettissimi asini corrano in giro per le strade.» Miles sollevò lo sguardo verso Morrie, e la sua voce si fece incerta. «E questo è tutto ciò che ho avuto a che fare con questa sfortunata vicenda, finché Shelley non ha recuperato il Folio dalla polizia e me lo ha prestato per esporlo al Festival. Pensavo che forse avrei potuto venderlo a qualche ignaro idiota, e poi dichiarare che era stato rubato, e così avrei ottenuto i soldi necessari per risistemare le mie finanze e il mio matrimonio. Però il vostro Viktor mi ha preso e trascinato qui per torturarmi, ed eccoci qui.»

Morrie si avvicinò, la voce piena di malvagità. «È tutto qui, quello che hai da dirci?»

«Giuro sul fantasma di William Shakespeare che ti ho detto tutto quello che so,» singhiozzò Miles. «Vi prego, consegnatemi alla polizia. Non mi farete del male, vero?»

Dopo aver estratto Oscar dall'abbraccio affettuoso di Viktor, Morrie gli disse di tornare a vedere Miles e "assicurarsi che avessimo tutto". Lasciammo Viktor al suo lavoro e uscimmo dal magazzino. Morrie si sbottonò il blazer e si allentò la cravatta. Io stringevo sotto il braccio un pesante libro di Shakespeare, finto.

Dietro di noi, sentii Miles strillare. Non volevo sapere cosa stesse succedendo lì dentro.

«Quindi non è stato lui,» disse Heathcliff.

«No, pare di no. Ma abbiamo ottenuto alcune informazioni utili e abbiamo recuperato il First Folio.» Trasferii il libro tra le braccia di Heathcliff. «Ora dobbiamo parlare con Shelley.»

25

«Ciao, Mina.» Shelley posò Max a terra con una serie di blocchi colorati e si sistemò su una poltrona da trucco girevole. Le avevamo chiesto di incontrarci nel camerino del Nuovo New Globe, pensando che lei avrebbe capito che aveva a che fare con l'esposizione del First Folio. Avrebbe voluto condurre l'interrogatorio Morrie, ma Quoth era irremovibile: toccava a lui. Personalmente, gliene fui grata: mi risuonavano ancora nelle orecchie le grida terrorizzate di Miles. «Che succede?»

«Ciao Shelley, grazie mille per essere venuta.» Mi accomodai su una sedia di fronte a lei. Quoth era seduto sul bancone del trucco, con le lunghe gambe che dondolavano mentre guardava Shelley attraverso una cortina di capelli lisci come seta. «So che devi essere terribilmente impegnata in questo momento, con l'organizzazione del funerale e tutto il resto.»

«È terribile, ma sopravvivo.» Usò il bordo della manica per asciugarsi gli occhi. Senza una parola, Quoth le passò una scatola di fazzoletti. Era gentile anche con i sospettati di omicidio.

«Come avrai sentito, stiamo indagando sull'assassinio di tuo padre.»

«E lo apprezzo molto,» commentò Shelley. «Lo apprezzo davvero. La polizia non sta facendo nulla. Sono andati a Londra a dare la caccia a un mago, ma non ha alcun senso. Perché mai un mago dovrebbe voler fare del male a mio padre? Sono certa che non prenderanno mai il vero responsabile.»

«Tendo a essere d'accordo,» commentai con un sorriso. «Ma noi abbiamo un'ottima esperienza nella risoluzione dei crimini locali. E abbiamo trovato nuove prove che indicano che l'assassino di tuo padre è molto vicino. Ma volevamo parlare con te prima di rivolgerci alla polizia perché...»

«Perché sappiamo cosa hai fatto,» concluse Quoth. Notai come il suo corpo si tese a quelle parole, come se si aspettasse di venire colpito da Shelley.

Lei arrossì. «Spero che non stiate insinuando che...»

Posi un foglio sul tavolo davanti a lei. «Uno dei vantaggi di indagare su un caso al posto della polizia è che possiamo entrare in posti dove loro non potrebbero andare, legalmente. Il mio amico Morrie ha scoperto una cosa interessante su di te. Tuo figlio frequenta un asilo nido super costoso a Grimdale, nell'ultimo anno hai fatto tre vacanze di lusso all'estero, e hai una bellissima borsa di Prada. È uno stile di vita di tutto rispetto, per una madre single che vive con l'assegno di sussidio. E la cosa strana è che queste spese enormi sui tuoi conti coincidono con la messa all'asta a Londra di importanti oggetti della collezione Rasmussen.»

Posai un secondo foglio accanto al primo, mostrandole le date in cui le vendite coincidevano.

Shelley si portò le mani alla bocca. «Come osate guardare nei miei conti privati? Non sono affari vostri.»

Quoth estrasse il First Folio da dietro la schiena e glielo appoggiò in grembo. «Sappiamo che questo è un falso,» le disse, con una voce appena più udibile di un sussurro. «E lo sai anche tu.»

Shelley emise un suono strozzato.

«Abbiamo il dovere di consegnare queste informazioni alla polizia,» dissi. «Quindi, se vuoi tirarti fuori da un mare di guai, è meglio che inizi a parlare ora.»

Shelley sospirò. «D'accordo, sì, sapevo che era un falso. Molti dei libri di mio padre sono falsi. Nel suo appartamento di Londra ha un piccolo laboratorio. Credo sia iniziato tutto come un hobby, per mettersi alla prova. Ma poi si è appassionato al gioco di ingannare i suoi clienti pretenziosi, oltre a quei noiosi e vecchi certificatori. Avrebbe voluto insegnarmi come fare per poter rilevare la sua attività, ma a me non interessa. Gli ho detto che avrei mantenuto il suo sporco segreto, ma che avrebbe dovuto prendersi cura di me e di Max. E lui è stato di parola: ha tenuto la sua attività a Londra, fuori dalle nostre vite, e noi abbiamo potuto godere di qualche lusso grazie alla sua generosità. È un vantaggio per tutti, e sarà anche un crimine, ma non ci sono vittime. Poco importa se quei libri non sono autentici: portano gioia alle persone. Nel senso che nemmeno gli esperti possono dire che sono falsi, quindi che senso ha? Mio padre non è mai stato beccato e finché ha continuato a pagarmi, a me non è importato di cosa ha fatto.»

«Però poi ha deciso di venire ad Argleton,» commentai.

«Gli avevo detto di non farlo,» replicò lei. «Gli avevo detto che ci eravamo costruiti una bella vita e che non volevo che trasferisse la sua impresa criminale qui, dove la gente spettegola e scruta ogni minimo dettaglio della vita altrui. Ma lui ha insistito, dicendomi che aveva voltato pagina. Non avrebbe più prodotto falsi, avrebbe solo gestito una legittima attività di antiquariato. Bah... un'altra bugia. Quando ho saputo di Hiram Abernathy e del First Folio, ho capito subito che papà aveva prodotto un altro falso. Solo che si trattava di un falso di alto profilo, che avrebbe attirato molta attenzione da parte dei media. Era solo questione di tempo prima che qualcuno lo scoprisse.»

«Qualcuno come Zenzile Monroe,» intervenne Quoth. «L'hai uccisa perché aveva capito tutto. Forse te l'ha anche rivelato, perché tu eri una grande sostenitrice del museo.»

«Non avrei mai fatto del male a Zen!» Shelley batté un pugno sulla panca. Boccette di correttore tintinnarono e rossetti rotolarono oltre il bordo e caddero a terra. «Amava Max. Era una brava persona. No, io sono andata al negozio di papà e ho minacciato di dire alla polizia del falso First Folio se lui non lo avesse ritirato immediatamente dal Festival e non fosse tornato a Londra.»

«E poi cosa è successo?»

«Cosa pensate che sia successo?» chiese lei. «Mi ha detto che mi stavo preoccupando troppo, che aveva fatto vedere il Folio ai principali esperti di Shakespeare a Londra e che se avesse messo diecimila sterline sul mio conto non mi sarei preoccupata più di tanto.»

Quoth sibilò, a denti serrati.

Shelley continuò. «Oh, sì, certo, fai il gradasso, tu. Ma hai idea di quanto costino i pannolini? Diecimila dollari sono un sacco di soldi e io non ho fatto nulla di male. Se lo beccavano, era tutta colpa sua. Così sono uscita dal negozio e ho attraversato la piazza di corsa, sempre più arrabbiata per il fatto che si fosse rimangiato la parola, e che Zen stesse soffrendo per questo, quando vi ho visti.» Guardò entrambi. «Vi ricordate, no?»

Annuii. «Però sei sparita subito. Magari sei tornata indietro e l'hai ucciso.»

«Che senso avrebbe? Perché dovrei sbarazzarmi della slitta di Babbo Natale? Certo, ora che papà non c'è più mi occuperò io dei suoi affari, però non so nulla di come si gestisce una libreria e di certo non posso andare in giro per Londra a farmi coinvolgere in loschi affari di libri falsi. Sono una *madre*. Io ho dato il libro a Miles perché ho pensato che forse, se la gente lo avesse creduto un originale, avrebbe potuto fare del bene e salvare il Festival. Ma se voi due spifferate tutto, sul Nuovo New Globe calerà il sipario.»

«Puoi dimostrare che non hai ucciso tu tuo padre?»

«Non posso provare il contrario,» disse Shelley, «ma mio padre era vivo quando ho lasciato il negozio. Chiunque l'abbia ucciso è entrato dopo di me.»

«Quale porta hai usato per entrare e uscire dal negozio?» le chiesi.

«Quella sul retro. Papà la sblocca al mattino perché si mette lì, sul gradino, a fumare i suoi disgustosi sigari.» Shelley sollevò il libro. «E ora cosa dovrei fare con questo?»

«Lascialo a noi per ora,» le dissi. «Potrebbe essere utile per catturare il vero assassino.»

«Quindi posso andare?» Prese in braccio il figlio. «Non mi farete mettere dentro?»

«Non ora,» rispose Quoth. «Grazie per aver parlato con noi.»

Shelley diede un calcio al libro che finì dall'altra parte del pavimento, proprio davanti ai miei piedi, e corse fuori dal camerino sbattendosi dietro la porta. Guardai Quoth, che aveva preso in mano il libro e lo stava sfogliando. «Potrebbe mentire.»

«È quello che ho pensato anch'io. Però non ha tutti i torti: se è veramente stata lei a commettere l'omicidio, che ragione avrebbe avuto di privarsi della generosità di suo padre? Capisco che fosse arrabbiata con lui, ma non riesco proprio a immaginarmela mentre lo mena, nemmeno se si tratta di soldi. E sembra che volesse davvero bene a Zen.» Accarezzai Oscar tra le orecchie. «So che non è molto scientifico. Se Jo fosse qui, mi direbbe che devo attenermi ai fatti e non impantanarmi con le testimonianze, perché le persone mentono sempre.»

«Ma Jo non è qui,» disse Quoth. «Qui ci sono io.»

«Esatto, e nessuno capisce le persone meglio di te. Nessuno passa così tanto tempo nell'ombra a osservare. Allora, cosa ne pensi?»

«Non riesco a credere che Shelley abbia colpito suo padre in testa con il libro,» commentò. «In questo crimine c'è qualcosa di crudele, di *passionale*. Ci deve essere dell'altro, oltre a soldi e libri falsi.»

«Credo che tu abbia ragione. Il che significa che se non sono stati Miles o Shelley, e non crediamo nemmeno sia stato Hiram, siamo di nuovo al punto di partenza.»

26

«Ho fatto una chiacchierata con i miei amici di Londra,» disse Morrie mentre attraversavamo il parco verso il pub. Avevamo i biglietti per la rappresentazione di *Sogno di una notte di mezza estate*, ma a causa delle indagini in corso, il Nuovo New Globe era chiuso a tempo indeterminato. Tuttavia, la signora Ellis aveva riunito alcuni attori per ricreare le scene chiave sul piccolo palcoscenico del Rose & Wimple e noi volevamo assicurarci dei buoni posti.

«Con "amici", presumo che tu intenda Viktor e altri gentiluomini poco raccomandabili?» gli chiesi sorridendo.

Morrie inclinò la testa. «Volete sentire cosa mi hanno detto, o no?»

«Assolutamente.» Quoth si passò una mano tra i capelli, tirandoseli davanti per potersi nascondere il viso. Quella sera non avrebbe voluto uscire con noi, aveva detto di essere stanco, ma io sapevo il vero motivo: si sentiva in colpa per il fatto che non avevamo ancora preso l'assassino. Lui si prendeva le colpe per tutte le disgrazie che capitavano ad Argleton, e quando vedeva che qualcuno degli abitanti del villaggio stava male, si convinceva che sarebbero stati meglio senza di lui.

Speravo che trascinarlo a vedere esilaranti recite amatoriali fatte da un gruppo di ubriaconi avrebbe dimostrato a Quoth che il Festival non era la cosa più importante di Argleton. Gli amici, la famiglia, il modo in cui trattiamo gli altri, la capacità di non piegarsi di fronte alla sfortuna e di ridere quando la fortuna ci sputa in faccia: quelle sono le cose che ci rendono ciò che siamo. E Quoth era una parte amata e vitale della vita del villaggio. Nessuno lo riteneva malvagio o indegno, come credeva di essere.

Era chiaro che si sentiva in colpa perché non eravamo riusciti a catturare l'assassino: avrebbe davvero voluto restituire il Festival alla città, ma fino a quel momento non avevamo fatto altro che scoprire livelli di malvagità sempre più profondi. Non sapevo cosa dire al mio gentile e meraviglioso uccellino per convincerlo che non era per nulla poco degno solo perché non aveva ancora risolto il caso e aveva fatto del male a delle persone quando si era trovato sotto l'influenza di Dracula. Ma non ero né Socrate, né una qualche intellettuale da Instagram, tipo Brene Brown. Ero solo una ragazza che lavorava in una libreria e amava tre uomini imperfetti, ma meravigliosi. Non sapevo come aiutarlo, se non standogli accanto e rammentandogli che lo amavo per quello che era, non per ciò che faceva. Gli tenni la mano mentre Morrie ci raccontava ciò che aveva scoperto.

«Quindi, sappiamo che il nostro signor Rasmussen aveva una buona reputazione come falsario nello squallido ventre criminale di Londra. Da anni perpetrava le sue truffe ai danni di ignari clienti, falsificando vecchi libri che poi vendeva a prezzi esorbitanti. Spesso prendeva di mira specifici collezionisti: esibiva i loro autori preferiti e poi alludeva al fatto che avrebbe potuto offrire il libro a un'università, oppure inventava altre parti interessate, solo per far lievitare il prezzo. I collezionisti erano così ansiosi di avere il loro oggetto del desiderio, che non erano più tanto scrupolosi nel verificarne la provenienza, come avrebbero fatto normalmente. E se poi in seguito scoprivano la verità, erano troppo imbarazzati per denunciare il reato.»

«E stava cercando di fare lo stesso scherzo anche a Hiram Abernathy, con il First Folio,» intervenne Heathcliff. Il mio antieroe gotico era gasatissimo. Quella sera ogni cosa stava girando nel verso giusto, per lui: avevamo dell'alcol a portata di mano e, con la chiusura del Festival, nel negozio non c'erano clienti.

«Abernathy è il bersaglio perfetto: è ricco come Creso e non sa quasi nulla degli oggetti che acquista.» Morrie si picchiettò un dito sul mento. «Ma non credo che sia questo il punto. Se voleva vendere il libro ad Abernathy, perché inserirlo nel Festival? Perché attirare l'attenzione dei media e degli studiosi di Shakespeare? Qui c'è qualcosa che non quadra.»

«Se dobbiamo tirare le somme, possiamo farlo vicino al bar?» chiese Heathcliff strattonando Morrie per la manica.

«Credo che dovremmo dare un'altra occhiata a Hiram,» dichiarò Quoth mentre entravamo al Rose & Wimple. «È a un tavolo nell'angolo con sua moglie, e stanno condividendo una fetta di torta con due candeline. Che *dolci*. Forse dovremmo metterlo alle strette quando va in bagno e cercare di tirargli fuori la verità.»

«O *forse,* visto che ieri era il compleanno di sua moglie, dovremmo lasciarli liberi di divertirsi e dovremmo divertirci anche noi,» commentai. *Non è questo il senso della serata. Stiamo cercando di rallegrare Quoth, non di ossessionarlo ancora di più.* «Forza, ho chiesto alla signora Ellis di riservarci un tavolo vicino al palcoscenico...»

«Pensate che Hiram abbia scoperto che il Folio era falso?» continuò Quoth. Credo che non mi avesse nemmeno sentita.

«Abbiamo visto che è terrorizzato da sua moglie. E se *lei* avesse scoperto tutto e lo avesse mandato a vendicarsi perché Rasmussen aveva cercato di ingannarli? Quella misteriosa macchia rossa sulla camicia...»

«Ma i tempi non tornano,» feci notare mentre ci sedevamo. «Abbiamo visto Hiram con la camicia macchiata di sangue *prima* che Miles sentisse la discussione tra Shelley e suo padre, e in quel momento era un asino.»

«Aita!» gridò una voce dall'altra parte del tavolo. Trasalii quando mi resi conto che la nostra serata era stata interrotta da un misterioso figuro, al momento nelle sgrinfie della signora Ellis, che non la smetteva di parlare. Però, sporgendomi in avanti e osservando il suo profilo e i baffi comicamente finti, mi sembrò qualcuno di dolorosamente familiare.

Non può essere tornato, non dopo che gli abbiamo spiegato i pericoli che corre ora...

«Che ci fai qui, Puck?» sibilai quando la signora Ellis si alzò per riempire di baci Heathcliff, Morrie e Quoth.

Puck mi sventolò sotto il naso un fiore dall'odore nauseabondo. «Nessun sospettato io trovai, per saggiare il potere del magico fior nel far sorgere l'amor...»

Feci per strappargli il fiore, ma lui lo tenne fuori dalla mia portata. «Grazie per l'offerta di aiuto, ma non puoi stare qui. Se Hayes ti vedesse con quei baffi ridicoli, ti riconoscerebbe all'istante. E non puoi risolvere omicidi andando in giro a far innamorare la gente. Non è così che funzionano le cose.»

Per tutta risposta, Puck sollevò il fiore e ci soffiò sopra, proprio mentre la signora Ellis si accomodava nella sedia accanto a lui. Quando il delicato fiore le arrivò sul viso, lei si irrigidì e il suo corpo tremò così forte da far vibrare il tavolo.

«Puck, che hai fatto?»

«Sugli occhi suoi ho soffiato il potere del fiore incantato,» ribatté lui.

«No, sciocco folletto, la signora Ellis non è una dei sospetti. Rimuovi subito l'incantesimo o io, per Iside...»

«Bene, ecco il primo giro.» Heathcliff si sedette accanto a me, con un vassoio di bicchieri in mano. Poi iniziò a sbatterli uno a uno sul tavolo. «Il primo di molti, se sarò costretto a sorbirmi tre ore di terribile Shakespeare con voi due che ridacchiate accanto a me. Mina, ti ho preso un G&T, e un altro per Mabel.»

Quando lui le mise davanti il suo bicchiere, la signora Ellis sollevò lo sguardo. Il suo corpo ebbe un tremore quando gli fissò gli occhi color antracite. «Oh... oh, Heathcliff...»

«Così mi chiamano,» rispose lui alzando il bicchiere in un mezzo tentativo di brindisi. «L'ha dimenticato? Si sta rimbecillendo o è solo mezza brilla? Spero che non abbia iniziato a bere senza di noi, vecchia signora, perché sappia che mi metterò subito in pari...»

«Cos'è quella luce che sorge oltre la finestra?» Si fiondò sul tavolo. «Io sono l'oriente, e Heathcliff è il mio sole.»

Heathcliff fece uno strillo quando lei, dopo avergli strappato il bicchiere dalle mani, gli afferrò il viso e gli diede un lungo e appassionato bacio sulle labbra. Lui cercò di divincolarsi, ma lei era come posseduta.

«Lasciami, pazza, sei una zoccola dissimulatrice.» Heathcliff riuscì a staccarsela di dosso. Da così vicino, vedevo che la signora Ellis aveva gli occhi libidinosi e le labbra arricciate in una smorfia di desiderio. «Vorrei che tra di noi si instaurasse la migliore estraneità.»

«Cos'è questa faccia che sembri Febbraio?» chiese la signora Ellis pizzicandogli le guance e stringendogli la testa contro il proprio petto. «Così pieno di gelo, di tempesta e di nuvole. Lascia che ti sciolga il dolore a forza di baci, amore mio. Lascia che ti ami dolcemente...»

«Salvatemi!» Heathcliff sgusciò sotto il suo braccio e scappò dal tavolo. La signora Ellis si mise a seguirlo, buttando giù tavoli e scavalcando altri commensali nel tentativo di catturare Heathcliff per farlo suo.

«È sorprendentemente vivace per essere una donna anziana,» disse Morrie.

«Beh, quando metti gli occhi su un ricco premio...» commentò Quoth.

I due risero mentre guardavano la signora Ellis inseguire Heathcliff per tutto il pub. Ma io non riuscivo a capire cosa ci fosse da ridere in tutto ciò. Puck l'aveva fatta innamorare contro la sua volontà e non potevo biasimare nessuno per amare così tanto il selvaggio e bellissimo Heathcliff.

Continuavo a pensare all'espressione estasiata della signora Ellis quando l'incantesimo l'aveva colpita: un'espressione di pura devozione.

Un'espressione che avevo già visto.

E, all'improvviso, tutti i pezzi del puzzle andarono al loro posto.

«Ho capito,» dissi. «Qui qualcuno ci ha mentito. So io chi è l'assassino.»

27

«Allora, qual è il piano?» chiese Heathcliff quando fummo tutti riuniti intorno alla sua scrivania. La sera prima eravamo sgattaiolati via dal pub quando Richard era salito sul palcoscenico con un costume da asino e Hiram Abernathy era svenuto per lo spavento. A quel punto io avevo mandato Quoth e Morrie a preparare la nostra trappola. Il giorno dopo, all'ora del tè, io ero pronta a farla scattare.

«Inganneremo l'assassino fino a farlo confessare,» dissi. «Quando varcherà la porta, Puck lo colpirà con un incantesimo d'amore. Si innamorerà di Morrie e confesserà i suoi peccati più malvagi, che Morrie registrerà sul telefono e invierà a Hayes. Semplice.»

«Per niente,» replicò Heathcliff con un brivido, senza dubbio ripensando alla sua esperienza personale di trovarsi invischiato negli effetti di un filtro d'amore. «Dimentichi che hai una reputazione in questa città. Facciamo una prova, sei d'accordo? L'assassino finora è riuscito a farla franca non con uno, ma con *due* omicidi. Poi, all'improvviso, il detective fai-da-te del paese lo invita alla libreria, nella quale sono già stati arrestati diversi assassini, per una cena in compagnia. Non credi che sia tutto un po' sospetto?»

«Ah, ma tu non hai tenuto in conto la mia arguzia e la mia furbizia,» replicai. «L'invito è stato scritto in forma anonima, ed è un'offerta a cui nessuno potrebbe resistere. E poi, il luogo d'incontro non è la libreria. Ci incontreremo sul palco del Nuovo New Globe.»

«Ovvio!» sospirò Heathcliff.

«Mi sembra doveroso che questa storia di amore, tradimento e morte finisca sul palcoscenico di Shakespeare.» Morrie appoggiò una gamba sul tavolo e sferrò un colpo di spada nell'aria.

«Metti via quell'affare, o caverai un occhio a qualcuno,» ringhiò Heathcliff.

«Sono ferito.» Morrie fece il broncio mentre fingeva di asciugarsi le lacrime con l'orlo del kilt, scoprendo ulteriormente la gamba per mettere in mostra una coscia tonica.

«Stavo parlando dell'*altra* spada.»

«Forza, è ora di andare.» Quoth diede a Morrie una spintarella verso la porta. «Non vogliamo fare tardi.»

Mi avvicinai al mio uccellino e gli strinsi la mano. *È questo il momento. È la nostra occasione per catturare il truffatore.* Speravo che, qualunque cosa fosse successa, Quoth avrebbe trovato la pace che tanto desiderava e si sarebbe finalmente perdonato. Però avevo il brutto presentimento che, se si aspettava che la redenzione sarebbe arrivata dal nostro assassino, stava beccando alla porta sbagliata.

Uscimmo dal negozio e ci incamminammo attraverso il parco, cercando di dare l'impressione di essere impegnati in attività del tutto ordinarie e non stessimo per affrontare un pericolosissimo assassino. Decisi di lasciare fuori Oscar dai traffici di quella sera. Era da mia madre a farsi viziare con dei dolcetti per cani. Strinsi forte il braccio di Quoth. Quella sera era lui la mia guida.

Quando arrivammo al Nuovo New Globe, era tutto buio. Passammo dal retro e trovammo l'ingresso artisti aperto, esattamente come avevo indicato alla signora Ellis. Entrammo di soppiatto e ci facemmo strada tra gli oggetti di scena e i costumi, fino ad arrivare sull'enorme palcoscenico buio. L'aria crepitava di tensione magica. Non potevo né vederlo né sentirlo, ma Puck era lì, con il suo filtro d'amore pronto per l'uso.

«Vedi qualcosa?» chiesi. «È già qui?»

«Dammi un momento.» Morrie era nella galleria. Si infilò nella cabina luci e un attimo dopo un riflettore luminoso spazzò il palcoscenico e illuminò una figura dal portamento flessuoso.

«Salve, signor Delacroix,» esclamai. «Proprio la persona che speravamo di vedere.»

28

«T*u*.» Lawrence Delacroix trasalì quando sentì la mia voce. «La ragazza impicciona della libreria. Avrei dovuto immaginare che fossi stata tu a lasciarmi quel biglietto.»

«Sì,» replicai. «Avresti dovuto capirlo. Ma eri troppo accecato dal tuo amore, non è vero? Quando hai ricevuto il mio biglietto in cui ti dicevo che Zen aveva dei messaggi d'amore scritti per te da Rasmussen e che se volevi leggerli dovevi venire a teatro, non hai potuto resistere, vero?»

Lawrence Delacroix emise un basso ringhio. Io insistetti, incoraggiata dalla mano ferma di Quoth che stringeva la mia.

«Eri innamorato di Jasper Rasmussen, vero?» chiesi. «Ricordo come ti tremava la voce e quante lacrime hai versato quando l'hai visto morto dietro la sua scrivania. Non eri il suo coinquilino, eri il suo amante segreto, nascosto sopra il suo negozio dove nessuno poteva scoprirti. Si era rifiutato di dichiarare al mondo la vostra relazione. Ne sei ancora perseguitato, perché tu l'hai amato fino alla fine, anche quando hai visto nei suoi occhi le ultime scintille di vita. Tu soffri per il più profondo e straziante amore non corrisposto. Ed è per questo che l'hai ucciso.»

«Se pensi di convincermi a parlare come fanno nei film, allora sei ancora più stupida di quanto pensassi.» Lawrence girò sui tacchi. «Buonanotte, Mina.»

«Altolà, marrano,» gridò Puck, apparendo dal nulla di fronte a Lawrence.

Lawrence si bloccò. «Ma... ma come hai fatto? Tu dovresti essere a Londra...»

«È una magia.» Puck si fiondò su Lawrence e prima di scomparire di nuovo in una nuvola di polvere fatata gli versò sugli occhi il succo del fiore magico. Morrie fece un passo avanti, con il telefono pronto a registrare la confessione di Lawrence. Ma l'uomo era così spaventato dalla magia di Puck che barcollò all'indietro. Il suo piede si impigliò in un cavo allentato e lui cadde oltre il bordo del palco.

«No!» gridò Quoth. Si mosse così rapido che non mi accorsi nemmeno che si era allontanato dal mio fianco, ma un attimo dopo apparve sui gradini del palcoscenico, con un Lawrence stordito tra le sue braccia.

«Oh, mio eroe,» esclamò l'uomo con la voce strozzata dalla passione mentre sollevava il capo verso il suo vero amore.

Fissando gli occhi di fuoco di Quoth.

29

Quoth appoggiò Lawrence sul palco, proprio sotto i riflettori. «Nessun altro morirà sotto i miei occhi.»

«Amore mio.» Lawrence cadde ai piedi di Quoth, gli mise le braccia intorno alle gambe e gli baciò la punta delle scarpe. «Mi hai salvato. Sono così felice.»

«Oh, no,» sussurrò Morrie. «Si è innamorato di Quoth invece che di me.»

«Ehm...» Quoth sembrava terrorizzato.

Heathcliff gemette. «È un disastro.»

«No, affatto,» intervenni. «Quoth, Lawrence è innamorato di te. Fallo parlare.»

«Oh, ehm, certo.» Quoth si girò verso Lawrence e lo accarezzò sulla testa come fosse stato un cane. «Allora, Lawrence... ehm... tesoro mio, sono così felice che possiamo stare insieme, ora che ti sei liberato di quel fastidioso Jasper Rasmussen.»

La voce di Quoth era tesa. Non aveva la lingua lesta come quella di Morrie e aveva il terrore di sbagliare... ma il fiore di Puck doveva essere più potente di quanto pensassimo, perché, scosso da singhiozzi di gratitudine, Lawrence si aggrappò a quelle parole da supercattivo dei cartoni animati pronunciate da Quoth.

«Hai frainteso tutto, amore mio,» gridò, stringendo la presa su Quoth. «Io non volevo uccidere Jasper! Sono solo sceso al piano di sotto per parlargli. Quella mattina erano già passate sua figlia e Zenzile, che avevano discusso con lui del libro e io ero terrorizzato all'idea che potessero andare alla polizia e rovinarci tutto.»

«Dimmi cosa è successo.» Quoth continuava ad accarezzargli i capelli. «Stai dicendo che sapevi che il libro era un falso?»

«Certo che lo sapevo. Ho aiutato io Jasper a realizzarlo, insieme a molti altri falsi che abbiamo venduto nel corso degli anni. Jasper Rasmussen è quel raro tipo di criminale che non lo faceva per profitto. Lo faceva per pura sfida intellettuale, per il brivido di ingannare una vittima ignara.»

«Che ti avevo detto?» commentò Morrie dandomi una gomitata. «Tra giganti ci si riconosce.»

«Okay, ma allora perché sottoporre il First Folio allo scrutinio pubblico?» Quoth si scostò i capelli dagli occhi mentre Lawrence gli copriva le mani di baci sonori. «Perché non venderlo semplicemente ad Abernathy?»

«Io volevo che se ne sbarazzasse, ma lui non mi ha voluto ascoltare.» Lawrence tirò su con il naso. «Jasper era stanco di ingannare clienti sempliciotti. Non erano più una sfida per lui. Lui voleva la notorietà. Voleva diventare famoso come il più abile falsario della nostra epoca. E quale modo migliore per farlo se non quello di falsificare lo scrittore più famoso che sia mai esistito e portare il falso First Folio sulla prima pagina di tutti i giornali del Paese?»

«Ah,» sussurrò Morrie. «Ora capisco. Rasmussen stava usando la situazione per pubblicizzare i suoi servizi di falsificazione presso altri criminali. Molti nella mia cerchia hanno messo in atto trovate del genere.»

«Tu no?» commentò Heathcliff in tono sardonico.

«Oh, no, non me lo sarei mai *sognato*.»

«Sssh,» sussurrai, puntando il dito sul telefono di Morrie. Lo teneva in mano per catturare la confessione, ma se avessimo parlato troppo da vicino, a Hayes e alla Wilson sarebbe arrivato solo l'osceno flirt tra Morrie e Heathcliff.

«La contraffazione in sé è stata facile da realizzare,» spiegò Lawrence. «Molti istituti scolastici hanno una scansione digitale del First Folio. Noi abbiamo usato quelle scansioni come modelli, e Jasper aveva anni di esperienza nella creazione di carta bambagina perfetta, identica a quella usata in quel periodo. Ci sono voluti alcuni esperimenti per ottenere gli inchiostri giusti, e il laboratorio ha puzzato per settimane quando ha realizzato la rilegatura rossa di pelle di capra.»

«Però hai commesso un errore fondamentale,» replicò Quoth. «Hai usato le illustrazioni del giglio di San Giacomo per l'illustrazione di *Molto rumore per nulla*, un giglio che non poteva venire disegnato all'epoca in cui fu stampato il First Folio.»

«No, no, amore mio. Lo abbiamo fatto di proposito,» disse Lawrence. «Jasper inseriva sempre un anacronismo nei suoi falsi, un indizio evidente per mettere in difficoltà il collezionista o l'autenticatore. Questo faceva parte del gioco per lui, per vedere quando l'avrebbero scoperto. Ma in genere la gente è così entusiasta di aver trovato un libro mai visto prima, un tesoro che frutterà meraviglie e ricchezze incalcolabili, da non vedere ciò che ha davanti agli occhi.»

«Zen Monroe l'ha visto,» borbottai tra i denti.

«Sì.» Lawrence sembrava stordito. Girò brevemente la testa verso di noi prima di tornare a concentrarsi su Quoth. «Lei era venuta al negozio il giorno prima che il mio Jasper morisse, aveva pagato due sterline per guardare il libro e nel momento in cui i suoi occhi si sono posati sull'illustrazione, ho capito che aveva capito tutto. Ero terrorizzato per Jasper. Ero sicuro che sarebbe andata subito dalle autorità e non volevo che lui finisse nei guai. Quella mattina, quando l'ho vista attraversare la piazza in direzione del negozio, ho intuito che stava venendo a parlargliene. Sono sceso per avvertirlo, e lui, il mio Jasper... mi ha *riso* in faccia. Mi ha detto che mi preoccupavo per una sciocchezza e che se due esperti di Shakespeare a Londra non erano stati in grado di riconoscere un falso, allora non aveva alcuna speranza nemmeno un'accademica ormai senza futuro. E io mi sono sentito frustrato: stavo cercando di salvargli la vita e lui mi trattava come... come una *nullità*. Tutti i sentimenti che avevo nascosto per mesi mi sono usciti di getto. Non so cosa gli ho detto, ma deve essere stato qualcosa di terribilmente crudele e scioccante, perché l'ho lasciato ammutolito. Gli ho detto che avevo smesso di fingere di essere il suo apprendista. Volevo essere il suo socio, negli affari e nella vita.»

«E lui ti ha respinto,» disse Quoth, con la sua voce rassicurante.

Lawrence tirò su. «Ha detto che non avrebbe mai accettato, e che se non mi stava bene il posto che avevo nella sua vita, avrebbe trovato qualcun altro. Come se il nostro amore potesse essere gettato via come un vecchio libro di carta! Non ci vidi più dalla rabbia. Non mi resi conto di cosa stavo facendo. Prima era lì che mi fissava, che mi diceva che avrei dovuto lasciare il negozio entro la fine della settimana, e l'istante successivo era un mucchio informe a terra. E io stringevo tra le mani il libro macchiato di sangue.»

Un brivido mi corse lungo la schiena mentre lo ascoltavo rievocare quella scena raccapricciante. Non potevo immaginare una cosa del genere: io amavo Quoth, Morrie e Heathcliff con un amore che era più grande dell'amore, e l'idea di potermi arrabbiare così tanto da colpirli in testa con un libro... Capii allora che l'amore che provava Lawrence non era l'amore che conoscevo io, ma era un tipo di amore contorto e corrotto, come quello che si era incancrenito tra Macbeth e Lady Macbeth, il tipo di amore che finiva sempre in una tragedia degna di Shakespeare.

«Come può essere morto?» singhiozzò Lawrence. «Lo amavo così tanto, come amo te ora, mio bellissimo principe nero.»

No, non lo amavi. Tu non capisci cosa sia il vero amore.

L'amore era ciò che mi teneva immobilizzata lì, mentre guardavo un assassino che baciava il mio amato Quoth. L'amore era l'unica cosa che mi impediva di balzare a spaccare la testa a Lawrence con le mie fidate Docs rosso ciliegia e, a giudicare dal modo in cui Heathcliff tremava accanto a me, l'amore era anche ciò che tratteneva la sua furia.

Per quanto tutti noi avremmo voluto correre a strappare di dosso a Quoth quell'assassino, lui *aveva bisogno* di quello che stava succedendo. Doveva essere lui a fare confessare Lawrence. E lo stava facendo! Avevamo quasi tutto...

«Ti prego, amore mio, mio bello, devi dirmi che mi perdoni. Devi lenire questo dolore che mi perseguita.»

Quando Lawrence afferrò Quoth, lo abbracciò e gli sollevò la camicia per baciargli la pelle sopra l'ombelico, per poco lui non si strozzò. «Ehm, aspetta un attimo, tesoro mio. Potresti dirmi qualcosa di più su quello che è successo dopo questa... ehm, terribile tragedia?»

«Sì, sì.» Lawrence afferrò il bavero del cappotto di Quoth. «Sono stato molto furbo, proprio come mi aveva insegnato Jasper. Ho aspettato che Zenzile bussasse alla porta e se ne andasse infuriata, poi ho chiuso a chiave la porta sul retro e ho aperto quella sul davanti e ho risistemato le tazze di caffè in modo che sembrasse che Jasper stesse aspettando qualcuno.

Sono tornato di sopra e le mie intenzioni erano di scendere, di scoprire il corpo e di chiamare la polizia, ma ho sentito i tuoi amici entrare nel negozio. Mi sono nascosto a letto e ho convinto tutti che stavo dormendo profondamente: ero un attore shakespeariano ai tempi del college, sai.»

«Oh sì,» commentò Heathcliff con una risatina. «Lo sappiamo.»

«Pensavo che dopo quella fine orribile, Zenzile avrebbe lasciato in pace la sua memoria. Invece no, ha voluto dire al mondo intero quello che sapeva. L'ho osservata attentamente e l'ho vista mettere il biglietto sullo specchio di Morrie. Voleva distruggere l'eredità del mio grande amore, e io non potevo permetterglielo.» Lawrence rabbrividì tra le braccia di Quoth.

«Ma sei tu che hai distrutto...» urlò Heathcliff mentre io gli bloccavo la bocca con una mano. Dovevamo registrare le parole di Lawrence.

«Ho manomesso io le staffe, per farla cadere,» disse Lawrence senza smettere di tirare su con il naso. «So che è stato orribile da vedere, amore mio, ma devi capire che era necessario. Capisci, ho fatto ciò che dovevo per proteggere la memoria di Jasper. E ora farò ciò che deve essere fatto perché io e te possiamo stare insieme.»

Lawrence tirò fuori un oggetto dalla cintura e lo puntò direttamente verso Morrie. Riuscii a vederne solo la sagoma, ma dal suono strozzato che emise Heathcliff, capii che si trattava di una pistola.

«So che sono amici tuoi, ma io e te scapperemo insieme e ce ne faremo di nuovi. Loro devono sparire.»

30

*P*er Iside, *così non va bene.*

«Ehi, Lawrence, non lasciamoci prendere la mano,» disse Morrie. Aveva una voce calma. Troppo calma. Non c'era più la sua solita spavalderia.

Il mio maestro del crimine aveva paura.

«Puck, dove sei?» sussurrai. «In questo momento ci farebbe comodo un po' di magia.»

E sembra che il volubile folletto scelga proprio questo momento per tacere completamente.

Heathcliff emise un basso ringhio, un suono terrificante. Vidi che Lawrence deglutì, ma armò il grilletto e tenne la pistola puntata dritta sul volto di Morrie. Volendo, Heathcliff avrebbe potuto spezzare Lawrence come un fuscello, ma non sarebbe stato abbastanza veloce da impedirgli di sparare.

«Devo farlo, non capisci?» La voce di Lawrence tremava. «È l'unico modo perché io e Allan diventiamo liberi. Andremo lontano, molto lontano da questo posto e ricominceremo da capo. Forse ci uniremo a un teatro e lui potrà fare le scenografie e io interpreterò ancora una volta Tito Andronico.»

«Certo, Lawrence,» disse Quoth, con voce forte e calma. «È un piano fantastico.»

«Però non possiamo essere veramente liberi, amore mio, perché loro conoscono il mio segreto.» Lawrence serrò i denti. Il suo braccio tremò. «Dobbiamo uccidere i tuoi amici.»

«Certo, naturalmente.» Quoth avvolse il braccio intorno al bicipite di Lawrence. Pensai che avrebbe cercato di abbassargli il braccio in modo che la pistola puntasse lontano da Morrie, invece si limitò ad accarezzarlo. «Hai ragione. Dobbiamo ucciderli.»

«Cosa?» balbettò Heathcliff.

«Ma prima,» Quoth fece scivolare la mano fino a stringere il polso di Lawrence, in un movimento così morbido e delicato che mi fece male al petto, «mi chiedevo se volessi farmi l'onore di questo ballo.»

Avevo il sangue che mi martellava nelle orecchie. Anche se mi fidavo di Quoth, non potei fare a meno di ricordare l'unica volta che l'avevo sentito mentire. Mi ritrovai nella galleria d'arte, con i canini di Quoth che mi affondavano nella carne, quando il mio bellissimo uccellino voleva farmi del male e portarmi via da tutto ciò che amavo.

Ma Quoth lo aveva fatto solo perché non era più se stesso, perché era stato preso dal potere di Dracula. Non era *Quoth* che aveva voluto fare quelle cose terribili. Era Dracula, che lavorava attraverso di lui, usando il suo corpo come una marionetta per arrivare a me.

Rivivevo quel trauma sulla pelle. Tutto il mio corpo tremò quando il ricordo mi assalì, ma chiusi gli occhi e mi concentrai sulla dolcezza della voce di Quoth e capii esattamente cosa stava cercando di fare.

«Tu vuoi ballare?» Lawrence parlò sottovoce. «Con me?»

«Certo,» rispose Quoth. «Io capisco il motivo per cui stai soffrendo così tanto. Jasper non ha voluto riconoscere in pubblico il vostro amore. Voleva che tu fossi suo in segreto e non avete mai potuto ballare insieme, come avreste voluto. Invece io voglio dimostrarti che è bello amarti, e che è bello ballare con te. Non voglio nascondere i nostri sentimenti davanti a questo pubblico di sventurati librai. Voglio gridare il nostro amore al mondo. Quindi ti chiedo di nuovo: «Mi concedi l'onore di questo ballo?»

Come per magia, un valzer misterioso si diffuse nel teatro vuoto. *Puck, bastardo.*

Lawrence emise un rantolo silenzioso. Aprii gli occhi giusto in tempo per vederlo gettare la pistola a terra e intrecciare le dita con quelle di Quoth.

Heathcliff si slanciò in avanti per afferrare la pistola, ma io gli misi una mano sul petto e lo trattenni. Lawrence era ancora vicino e non potevamo rischiare che la situazione si trasformasse in una lotta per chi arrivava per primo ad afferrare un'arma carica. *Ti prego, lascia che Quoth faccia la sua magia.*

Quoth e Lawrence danzarono sul palco fissandosi negli occhi, circondati da una ruota di capelli corvini. Io trattenni il respiro. Le dita di Morrie si intrecciarono alle mie. Quoth fece fare un casquè a Lawrence, e nel mentre gli avvicinò le labbra al collo. Sembrava l'avrebbe baciato, ma non lo baciò.

La musica raggiunse un crescendo. Quoth si rimise in piedi e fece un profondo inchino, gli occhi fissi in quelli del suo compagno.

«È stato fantastico, amore mio. Ora, il nostro gran finale.» Lawrence si chinò e prese la pistola, la fece girare e la puntò alla testa di Morrie.

Quoth batté un piede. Proprio sulla leva che azionava la botola del palco.

BUMM.

SPRONG.

Successe tutto al rallentatore...

...il colpo di pistola risuonò nel teatro vuoto...

...la botola si aprì proprio sotto i piedi di Lawrence...

...i riflettori si accesero...

...le ombre mi danzarono intorno e il mio mondo si allontanò dentro due occhi bordati di fiamme...

...Lawrence urlò mentre sprofondava nella botola, seguito da un tremendo scricchiolio e da un silenzio ancora più tremendo...

La pistola scivolò sul palcoscenico. Il colpo era andato a vuoto, grazie a Quoth. Heathcliff si tuffò a prenderla. Nel frattempo, Morrie si precipitò verso la botola e scrutò nel buio.

«Non credo che sia morto, purtroppo. Però è svenuto, e sembra avere una gamba rotta.»

Avevo qualcuno di più importante di cui preoccuparmi. Corsi da Quoth e lo presi tra le braccia, affondando il viso nel suo collo. «Ce l'hai fatta. Ci hai salvato.»

«Ce l'ho fatta, vero?» Quoth mi baciò i capelli. «Ero terribilmente spaventato, Mina. Quando ha iniziato ad agitare la pistola in giro ero terrorizzato all'idea di perderti. E non volevo che tu pensassi che ti avevo tradita di nuovo...»

«Non essere sciocco. Nel momento in cui gli hai chiesto di ballare, ho capito cosa avevi in mente.» Lo baciai, a lungo e profondamente, perché per un momento, quando la pistola aveva sparato, non sapevo se fosse vivo o morto, e non avrei mai voluto perderlo. «Oh, Quoth, non puoi continuare a sentirti in colpa per quello che è successo. Non capisci? Quello che hai fatto oggi, il modo in cui hai salvato tutti noi, è *quello* il Quoth che conosciamo e che amiamo, e hai dimostrato di essere molto più forte di quello che ti aveva fatto diventare Dracula.»

«Ti amo, Mina.» Mi accarezzò la guancia.

«Ti amo, brutto, spettrale, smunto e minaccioso uccello dei tempi andati,» gli sussurrai in risposta.

Quando lo abbracciai, ogni minima traccia di tensione sparì

dalle sue spalle. Quoth aveva finalmente iniziato a disfarsi della vergogna che gli avvolgeva il cuore. La sua guarigione non era completa, ma era iniziata. Ed era la cosa più importante.

Non lo perderò nell'oscurità.

«Bene, Hayes sta arrivando.» Morrie si avvicinò a noi, con le dita che picchiettavano sullo schermo del telefono. Poi infilò il dispositivo nella tasca della giacca e i suoi occhi grigi e fieri incontrarono i miei. Le sue braccia avvolsero entrambi. «Ottimo lavoro, uccellino.»

«Hai impedito che la faccia di Morrie si trasformasse in un quadro di Picasso.» Heathcliff strinse tutti e tre contro il suo petto robusto, con il respiro affannoso. Sapevo che stava pensando a cosa sarebbe successo se il colpo di Lawrence Delacroix avesse colpito il bersaglio.

Heathcliff e Morrie conoscevano Quoth da molto più tempo di me. Erano stati al suo fianco nei suoi primi giorni da ragazzo corvino mutaforma, e gli avevano dato lo spazio e la possibilità di trovare il suo posto in questo mondo. Morrie gli aveva regalato dei quadri. Heathcliff gli aveva lanciato (spesso fisicamente) ogni possibile libro sull'arte. Insieme avevano aiutato il suo bellissimo e affascinante cuore a crescere, a lottare e ad amare.

Forse avevano anche dovuto affrontare la loro rovente attrazione, ma continuavano ad amare Quoth con la passione di cui solo Heathcliff Earnshaw e James Moriarty erano capaci.

Quoth si tuffò nel nostro abbraccio e, mentre abbassava la testa verso la mia per baciarmi di nuovo, sentii un altro pezzo della sua tristezza staccarsi e disperdersi nel vento.

«Oooh, abbraccio di gruppo,» commentò Puck avvicinandosi saltellando.

«Vattene,» urlammo all'unisono.

Puck fece una espressione imbronciata. «Almeno, posso trasformare uno di voi in un tricheco?»

«Credo che tu abbia fatto abbastanza,» ringhiò Heathcliff.

Puck sospirò. «Il bello è brutto, e il brutto è bello. Quindi, buona notte a tutti voi. Datemi le vostre mani, se siamo amici. E Robin farà ammenda.»

Con riluttanza, allungai una mano. Morrie e Quoth mi imitarono. Heathcliff brontolò, ma alla fine infilò il suo pugno robusto sotto il naso di Puck. Il folletto baciò ognuna delle nostre mani. Quando le sue labbra mi toccarono il polso, una scintilla di magia mi attraversò il corpo. Non sapevo cosa stesse facendo, ma era una sensazione fantastica.

Puck schioccò le dita e scomparve in una nuvola di scintille. La magia mi ronzava nelle vene anche dopo che se ne era andato.

«Pensate che sia l'ultima volta che lo vediamo?» chiesi.

Heathcliff sbuffò. «Puck è attratto dalle monellerie come una falena dalla fiamma e tu, Mina Wilde, sei una monella bella e buona. Tornerà. Rimembra le mie parole.»

Ridendo, strinsi a me i miei tre amori, respirando i loro profumi misti: muschio di torba speziato, lavanda, vaniglia, cioccolato, ed erba appena tagliata. E pensai a quanto fosse giusto che quella storia d'amore, di morte e di tradimento finisse dove tutte le grandi storie iniziano: sul palcoscenico...

Credo che Shakespeare avesse ragione, dopotutto: tutto è bene quel che finisce bene...

No, non devo pensarlo. Ci sarebbe stato un altro omicidio, un altro insuccesso nel villaggio, un'altra tragedia, un altro dei trucchi di mia madre per fare soldi in fretta, e molti molti altri giorni in cui sarei stata innamorata di quei tre uomini straordinari.

31

«In riconoscimento del suo coraggio e della sua prontezza di riflessi nell'arrestare l'assassino, che marcirà nella prigione di Sua Maestà per un bel po' di tempo, vorremmo assegnare al nostro buon amico Allan Poe, che alcuni di noi chiamano affettuosamente Quoth, la chiave del villaggio.»

Quando Richard mostrò una chiave d'oro scintillante gridai così forte che persi la voce. Quoth nascose il viso dietro una cortina di capelli di seta e salì sul palco del pub per accettare il premio. Tutti i presenti si alzarono in piedi e applaudirono.

E intendo proprio *tutti*. Si era presentato l'intero villaggio. C'erano persino Hiram e Dolores Abernathy, vestiti nel loro stile texano e che applaudivano. (Hiram ci spiegò imbarazzato che aveva cercato di procurarsi di nascosto un po' di pane inglese e che la macchia sulla sua camicia era il sangue di quando si era tagliato le dita cercando di scassinare il lucchetto che sua moglie gli aveva messo sulla porta della camera d'albergo). Jo e Fiona cercarono di dare vita a un mosh pit. La signora Ellis si mise le dita in bocca ed emise un fischio acuto. (Avevo dimenticato il potere di quel fischio: lo usava per sedare le risse al parco giochi. Non mi sorprenderebbe scoprire che, più avanti negli anni, un'intera generazione di bambini della scuola di Argleton avrà bisogno di apparecchi acustici).

La signora Ellis si sedette al nostro tavolo e diede qualche colpetto al ginocchio di Heathcliff. Lui trasalì: anche se Puck aveva annullato l'incantesimo, era rimasto traumatizzato dal breve periodo in cui era stato l'oggetto dei desideri della vecchia insegnante. Lei gli si avvicinò con gli occhi che le brillavano e sussurrò: «Se fossi stata nel pieno della mia gioventù, non te la saresti cavata così, giovanotto.»

Heathcliff deglutì.

Riportai la mia attenzione sul palco. Prima di salire, Quoth tremava per l'agitazione al punto da farmi temere che perdesse la chiave. Invece mi sorprese: si scostò i capelli dal viso e guardò la folla. Il mio cuore era gonfio di orgoglio da scoppiare, ma non era nulla, in confronto alla ritrovata pace che sembrava emanare da lui.

«Vuoi dire qualche parola, Quoth?» chiese Richard.

Quoth scosse la testa con così tanta foga che con i capelli colpì Richard in pieno viso.

Quoth non cambierà mai.

«Bene, bene. Il nostro Allan è un uomo d'azione, non di parole. Ma spero che vi unirete a noi per qualche drink di festeggiamento.» Richard iniziò ad allontanarsi dal palco, ma poi gli venne in mente una cosa e si voltò indietro. «E, Allan, stasera bevi quel che vuoi: offre la casa.»

«Eccellente.» Morrie si sfregò le mani. «Vado a chiedere a Richard di preparare quattro dei suoi cocktail più costosi. Per il nostro eroe Allan, ovviamente.»

Morrie scappò via proprio nell'istante in cui Quoth scese dal palco per tuffarsi tra le mie braccia. Io scoppiai a ridere, affondando il viso tra i suoi capelli lisci. «Chi dirà a Morrie che il cocktail più costoso che Richard sa fare è il Romeo e Mimosa?»

«Io no,» esclamò Quoth con una risatina. Era troppo bello sentirlo di nuovo ridere.

«Io ne prendo due,» aggiunse Heathcliff, dando a Quoth una pacca così forte sulla spalla che per poco non gli spezzò le ossa.

Ci sistemammo a un tavolo al centro del locale e per tutta la serata gli abitanti del villaggio si fermarono da noi per congratularsi con Quoth. Almeno tre persone tirarono fuori i cellulari per mostrargli le foto dei suoi dipinti appesi alle loro pareti di casa. Jo e Fiona erano tornate dalle Cotswolds proprio quel giorno e passarono di lì giusto per riempire Quoth di baci di rossetto rosso. «Mi è mancato parlare di arte e di strani film horror con te, amico,» disse Jo mentre beveva il resto del mio Romeo. «A Fiona piacciono le commedie romantiche. Blah.»

Quoth non riusciva a smettere di sorridere, radioso.

Morrie finì dietro il bancone, a preparare cocktail di ogni tipo per poi metterli furtivamente sul conto di Quoth mentre Richard non guardava. Heathcliff si ubriacò di brutto e finì a cantare canzoni di Barbara Streisand al karaoke insieme alle befane. Tutte le nostre persone preferite si presentarono per festeggiare Quoth, tranne... Lanciai un'occhiata in giro, il che fu piuttosto inutile perché ero ubriaca orba, letteralmente, ma comunque...

...dov'è?

«Chissà dov'è mia madre stasera?» chiesi a Morrie mentre quando finalmente si allontanò dal bancone e venne a mettermi davanti una cosa fruttata e piena di gin. «Pensavo le avrebbe fatto piacere vedere uno dei miei fidanzati che veniva premiato come cittadino onesto.»

Morrie mi fece un gran sorriso. «Riderai quando te lo dirò.»

«Non ne sono sicura.» Il mio stomaco intriso di gin ebbe un sussulto. «Dov'è?»

«Hai presente la sua attività di previsione della morte di

alcuni autori? Beh, una di loro è effettivamente morta. Stella Mey ha tirato le cuoia stamattina e una folla di questi pazzi scatenati ha preso d'assalto Sotheby's a Londra, chiedendo un milione di sterline a testa per i loro vecchi tascabili malconci. Uno di loro ha rivelato su Tiktok la storia di tua madre e ora la polizia sta interrogando Helen Wilde alla stazione, come possibile sospettata. Pensano che abbia intenzione di far fuori altri autori per aumentare i profitti. Per fortuna tu non hai ancora pubblicato il tuo romanzo, altrimenti potevi essere la prossima vittima.»

Mentre io e Morrie trascinavamo un Heathcliff canterino su per i gradini della Libreria Nevermore, Quoth corse avanti per aprire la porta. Varcammo la soglia ubriachi fatti e crollammo a terra sul tappeto, in un gran mucchio. Grimalkin saltò giù dallo scaffale di Poesia e scavalcò Heathcliff per andare a dare una zampata alla chiave nuova e lucente di Quoth.

«Miao?»

«Oh no, neanche per sogno. Non è un giocattolo.» Quoth gliela allontanò con un colpo. «E non voglio vederci i segni dei tuoi denti. Questa non è come l'uovo di marshmallow che hai rubato: non è piena di cioccolato appiccicoso.»

«Miao.» Grimalkin sbuffò. Si girò presentandoci il sedere, per dimostrare che non le importava nulla della chiave, se non era di cioccolato.

Sì. Mia nonna è così.

«Bau!» Oscar arrivò di corsa da dietro l'angolo, scivolando sulle assi del pavimento nella fretta di vedermi. Gli diedi un buffetto sul viso, guadagnandomi un sacco di baci umidi e cagnosi.

«Mi dispiace amico, so che ti piace andare al pub, ma avevo... hic... i miei ragazzi che si occupavano di me e... hic...» Mi coprii la bocca mentre barcollavo. «Sono davvero sbronza.»

«Non sei l'unica. Sarà meglio mettere a letto questo sciocco,» sbuffò Morrie. Heathcliff era accasciato sulla sua spalla, e russava sonoramente. Quoth gli infilò il braccio sotto l'altra spalla e aiutò Morrie a trascinarlo a peso morto verso le scale.

«Io porto Oscar a fare una pausa bagno e ci vediamo sopra,» dissi.

«Non tardare troppo,» ribatté Morrie. «Ho dei progetti per la mia Mina ubriaca e disinibita.»

Sorridendo, agganciai il guinzaglio di Oscar e mi diressi verso la porta sul retro. Avevamo lasciato tutte le lampade accese, sapendo che probabilmente al rientro a casa saremmo stati distrutti e che avrei avuto bisogno di luce. Grimalkin ci seguì a passo svelto, dicendomi con miagolii sonori e lamentosi cosa pensava del fatto che ci fossimo divertiti senza di lei.

«Senti, mi dispiace che non ti abbiamo invitata, ma non posso spiegare agli abitanti del villaggio perché mia nonna sembra avere solo dieci anni più di me e lecca la panna da un piattino, quindi... Bree?»

Mi bloccai sorpresa quando la mia nuova amica passò davanti alle lampade accese. Mi sentii momentaneamente in difficoltà per il fatto che mi aveva beccata a parlare con il mio gatto, ma poi mi ricordai delle strane conversazioni che lei faceva con il nulla, e pensai che probabilmente non si sarebbe sorpresa troppo.

«Ciao Mina, mi dispiace tanto averti spaventata. Passavo di qui e la porta era aperta, così ho pensato di vedere se eri nei paraggi e se non eri troppo ubriaca...» mi guardò. «Mi sa che ormai quel treno l'ho perso.»

«È bello rivederti.» Mi appoggiai allo stipite della porta, che al momento era l'unica cosa che mi teneva in piedi. «Cosa ci fai qui?»

«Ho sentito che tu e il tuo ragazzo avete risolto l'omicidio di quel tizio morto in libreria,» disse Bree. «Sono passata per congratularmi. Stavo andando alla cerimonia al pub, ma sono stata... ehm, trattenuta da alcune cose.»

Mentre diceva quelle parole, lanciò un'occhiataccia alle sue spalle. Ero confusa. Non sapevo cosa pensare di lei, ma ero troppo ubriaca per giudicare.

«Oh, grazie. Cioè, è stato Quoth a salvare la situazione. Ma senza il tuo aiuto non ci saremmo arrivati. Abbiamo capito l'indizio che ci hai dato tu, e che ci ha portati dritti all'assassino.»

«Forte.» Bree spostò il peso da un piede all'altro, inquieta. «Allora...»

Avrei voluto chiederle di fermarsi con noi, ma avevo già troppo da fare a mantenermi in piedi.

Bree si guardò di nuovo alle spalle, dall'altra parte, e, forse per lo stato in cui mi trovavo, giurerei di averla sentita dire: «... Sì, sì, ci sto arrivando.»

«Cosa... hic... hai detto?» chiesi.

«Oh, niente.» Bree frugò nella borsa. «Allora, a Grimdale ho visto questa e ho pensato che a Oscar sarebbe piaciuta.»

Mi mise in mano qualcosa. Inclinai verso di me la prima lampada che trovai e me la portai proprio sotto il naso, così riuscii a vedere che era una bandana ricoperta di piccoli scheletri danzanti.

«Gli scheletri si illuminano al buio,» spiegò lei con un sorriso.

«Adorabile! E anche Oscar la adora. Grazie mille.» Legai la

bandana intorno al collare di Oscar e lo feci alzare sulle zampe posteriori, in modo che Bree lo vedesse. «Ti va di salire a bere qualcosa?»

«Non hai già bevuto tutta la notte al pub?» mi chiese. «Non vorrei tenerti sveglia se devi andare a letto...»

«Sciocchezze.» Liquidai il commento con un cenno della mano, consapevole di quanto mi stessi facendo influenzare da Heathcliff Earnshaw. «Lavoro nel settore dei libri. C'è sempre un motivo per bere.»

«È UN POSTO DAVVERO FANTASTICO.» Bree si tolse gli stivali e si distese davanti al fuoco. Avevo dovuto chiedere a lei di accenderlo, perché ero talmente ubriaca che non riuscivo a fare nulla, e i ragazzi erano tutti crollati nel nostro enorme letto.

«È un po' stretto, per quattro persone, ma lo facciamo andare bene.» Spostai dalla poltrona una montagna di libri di Heathcliff e di materiale artistico di Quoth e mi sistemai di fronte a Bree. Qualcosa di tondo e rigido mi si infilò nel sedere. Infilai la mano sotto di me e tirai fuori una bottiglia di Lagavulin, che porsi a Bree. «Questo può andar bene?»

«Sì, grazie.» Bree prese la bottiglia e ne versò un bicchiere per ciascuna. «Allora, posso chiederti se tu e quei tre ragazzi state tutti... tipo... insieme?»

«Sì.» Forse non avrei risposto con così tanta sincerità se non fossi stata così ubriaca. Sorseggiai il whisky. Non riuscivo nemmeno a sentirne il sapore. Non era un buon segno. «Una volta eravamo più discreti al riguardo perché, sai com'è la vita di paese. Ma ora non ci interessa. Lasciamo che la gente parli.

Ora che sono cieca non vedo le facce di disapprovazione, quindi...»

Si sporse in avanti, con la voce che le tremava per l'interesse. «Com'è avere tre fidanzati?»

«Perché vuoi saperlo?» la stuzzicai. «Vuoi provarci anche tu?»

Bree saltò sulla sedia come se qualcuno l'avesse pizzicata. «Ehm... sì... no, sì. Non so. Anche nella mia vita ci sono tre ragazzi, ma sono più che altro fastidiosi. Inoltre, è complicato.»

«È sempre complicato. Vuoi parlarmi di loro?»

«Sì, ma ci sto ancora lavorando.»

«Va bene,» farfugliai. «Parlami di qualcos'altro, per esempio... come hai fatto a sapere del giglio? Te l'ha detto Zen, vero? Si comportava in modo strano quando l'abbiamo vista nel cortile.»

«Sì. Ma non era per il falso. Aveva appena visto Lawrence colpire Rasmussen. L'aveva minacciata: senza dubbio le aveva detto che conosceva gente pericolosa nel mondo della contraffazione criminale che se avesse parlato avrebbero dato la caccia a lei o a persone a cui teneva. Così lei non ha spifferato nulla alla polizia, però non poteva mantenere quel segreto, quindi ha deciso di darti un indizio in modo che tu lo scoprissi. Ma ovviamente lui ha deciso di metterla a tacere.»

Aggrottai le sopracciglia. «Ma pensavo che tu non conoscessi nessuno in questa città, quindi perché ha parlato con te?»

Bree si guardò di nuovo alle spalle. Sussurrò qualcosa con rabbia e abbassò le spalle, come sconfitta. Si appoggiò allo schienale della sedia e vuotò il bicchiere in un sorso. «Okay, allora, non l'ho mai detto a nessun altro prima d'ora, quindi per me è spaventoso. James mi ha detto che posso fidarmi di te. Ma...» Inspirò profondamente. «Okay, vado. Zen aveva intenzione di dirtelo, ovviamente, prima che qualcuno la facesse tacere definitivamente. Quindi l'ha detto a me, ma non da viva. Io vedo i fantasmi.»

«I fantasmi?»

Di tutte le cose che mi aspettavo che Bree dicesse (e avevo una immaginazione davvero fervida) non avevo mai pensato ai *fantasmi*. Ma, poi: i fantasmi esistevano?

Certo che no. Non ho sentito bene, vero? Sono trooooppo ubriaca.

La voce di Bree tremava. Prese la bottiglia. «Lo so, sembra una follia. Ma è vero. Io li vedo da sempre. Sono attratti da me perché si sentono soli e io sono l'unica persona che li ascolta. Sono davvero fastidiosi. *Soprattutto* i sei che sono in questa stanza in questo momento.»

Scrutai la stanza, aspettandomi che Morrie saltasse fuori dall'angolo con un lenzuolo in testa. «Qui ci sono dei fantasmi?»

«Sì, ma non farti prendere dal panico. Tre sono venuti con me, brutti bastardi.» Lanciò di nuovo un'occhiata dietro di sé. «Gli altri vivono qui. Un vecchio tutto storto con un abito da monaco, una bambina con un coniglio di peluche e una donna dal volto severo che indossa un corsetto nero per il quale sarei disposta a uccidere, e che porta con sé una pila di libri sull'occulto. Sono abbastanza innocui e sono molto contenti degli attuali custodi del negozio.»

Una donna con un corsetto nero e libri sull'occulto. Sembra proprio Victoria Bainbridge, la libraia che possedeva il negozio all'inizio del 1800.

Ma Bree non poteva sapere che aspetto avesse Victoria.

È una coincidenza.

Oppure... vede davvero i fantasmi.

«Se vedi i fantasmi,» dissi, «perché non hai chiesto direttamente a Rasmussen chi lo ha ucciso? Perché fornirci l'indizio più criptico dell'universo?»

«Non funziona così. Non tutte le persone morte tornano

come fantasmi, e quelle che lo fanno non ricordano i dettagli sulla propria morte. È un po' come svegliarsi al mattino e cercare di ricordare un sogno: ti tornano in mente solo frammenti qua e là, che spesso non hanno nessun senso. Zen sapeva di avere qualcosa di importante da dirti, ma l'unica cosa che ricordava del messaggio da darti era il giglio. Il resto l'ho messo insieme io.»

«E ti ha detto di venire da me, invece che dalla polizia?»

«La polizia non mi avrebbe creduto. Ma non è l'unica ragione. Il fatto è che,» continuò Bree in tutta fretta, «anch'io sono andata vicino alla morte di recente. E ho sentito voci su di te in città: la ragazza della libreria, con tre fidanzati strani, che risolve i crimini che la polizia non riesce a risolvere. Così ho pensato che dovevo conoscerti. Ho pensato che magari eri come me. E così, fooooorse, ti ho tenuta d'occhio per un po'.»

«Mi hai pedinata?» Sapevo che avrei dovuto essere spaventata, ma essere pedinata da Bree era una cosa che mi lusingava.

«Sì, cioè... no. Non è che ti abbia pedinata come fossi stata un serial killer, lo giuro. È che seguo la pagina Facebook della libreria, e poi ho trovato una serie di articoli sulla *Gazzetta di Argleton* e ho notato una serie di cose che non avevano nessun senso. Come il fatto che i tuoi fidanzati si chiamino come personaggi della letteratura. E poi il corvo, che appare in ogni cosa che ti riguarda. E poi: gente che scava tombe, l'assassino chiamato Dracula e anche l'ultimo sospettato in custodia alla polizia, scomparso in una nuvola di fumo. E ho pensato: "questa è come me". Ma vedo dalla tua faccia che pensi che io sia pazza, quindi se permetti, tolgo il...»

Si alzò per andarsene.

«No, ti prego, ferma lì.» Allungai un braccio. Grosso errore. Persi l'equilibrio e caddi dalla poltrona. *Davvero aggraziata. Davvero ubriaca.* «Bree, aspetta. Ti prego. Voglio... hic... sentir parlare di fantasmi. Forse non sono come te, ma ho sicuramente una bella parte di... hic... stranezze nella mia vita.»

«Ah sì?»

«Sì. Come il fatto che uno dei miei fidanzati ogni tanto si trasforma in un corvo. Oppure il fatto che sono la figlia di Omero, il poeta greco che viaggia nel tempo. O... o... un milione di altre cose che non mi vengono in mente in questo momento perché sono trooooppo sfatta.»

Delle mani calde mi presero e mi aiutarono a rimettermi in piedi. «Ecco qua,» disse Bree. «Credo sia meglio se ti metto a letto.»

«Grazie, amica,» mormorai mentre Bree mi trascinava in camera da letto. «Se mai dovessi ritrovarti con un omicidio tra le mani, puoi venire qui e ci penserà la mia squadra di esperti.»

Lei fece una risatina sommessa e mi depositò su un mucchio di maschi. «Lo apprezzo molto, Mina. Spero che potremo frequentarci un po' anche senza omicidi da risolvere...»

Disse qualcos'altro, che però la mia mente troppo annebbiata non riuscì a cogliere. Heathcliff grugnì e mi appoggiò addosso un braccio pesante, tirandomi dentro a quel groviglio di coccole. In un attimo persi i sensi.

32

«Posso aprire gli occhi ora?» chiese Quoth mentre stringeva le briglie di Oscar e si muoveva cauto lungo Butcher Street. Lo presi a braccetto e sentii le sue dita tremare sulla mia pelle. Essendo un uccello, Quoth si affidava alla sua vista ancora di più di quanto non facessero gli umani e il fatto di trovarsi nell'oscurità totale lo rendeva nervoso.

Però non aveva motivo di essere nervoso. Avevamo solo cose belle in serbo per lui.

«Che strano scherzo del destino.» Gli premetti le labbra su una guancia mentre lo aiutavo a scendere i gradini. «Il cieco che guida il cieco.»

«Porta pazienza, uccellino. Capirai tutto.» Morrie spalancò la porta della vecchia casa della signora Ellis e io e Oscar aiutammo Quoth ad attraversare la soglia. Heathcliff chiuse la porta alle nostre spalle, accese le luci e Morrie gli strappò la benda dagli occhi. «Et voilà!»

Gli occhi di Quoth si spalancarono quando vide come erano stati trasformati gli interni del vecchio appartamento. L'ampio salotto sulla sinistra era diventato una galleria d'arte, con pareti bianche candide e illuminazione professionale. La sala da pranzo era diventata studio e aula per lezioni, con cavalletti e lunghi tavoli per lavori di gruppo. La vecchia cucina rosa era stata demolita e sostituita con lavandini profondi e un frigorifero per conservare i colori, mentre alle pareti erano appesi i dipinti di Quoth e alcune sculture che aveva realizzato Earl Larson riciclando le cianfrusaglie che la gente scaricava vicino alla ferrovia.

«Cos'è questo posto?» sussurrò Quoth. Le sue dita mi strinsero il polso.

«È tuo, uccellino,» spiegò Morrie. «Puoi farne ciò che vuoi. L'abbiamo allestito così con l'idea di farne una galleria locale e uno spazio per lezioni d'arte; al piano superiore ci sono alcune semplici stanze che potrebbero andare bene per corsi residenziali per artisti, ma tutti i mobili e le pareti divisorie possono essere spostati se hai in mente dell'altro.»

«In realtà, è soprattutto un favore che abbiamo fatto a noi stessi. Questo terrà lontani dal negozio i fricchettoni con strane acconciature e che sanno di patchouli,» spiegò Heathcliff con un pizzico di speranza nella voce.

«Ma io...» Quoth sollevò lo sguardo verso il soffitto, dove avevo dipinto centinaia di piccoli corvi in volo. «Non so se posso...»

«Ti aiuteremo noi a gestirlo quando sarai a lezione, o quando avrai difficoltà a governare la tua forma umana,» lo rassicurai. «Ma stai andando così bene a scuola che penso che te la caverai.»

«E comunque non è tutto tuo,» aggiunse Heathcliff. «Mina ha chiesto la stanza nel seminterrato per farne un magazzino extra per il negozio, e dice che potrebbe usare le stanze al piano di sopra per scrivere, perché a quanto pare con me che urlo ai clienti non riesce a farlo.»

Quoth mi guardò. Da vicino, vedevo i suoi occhi cerchiati di fuoco velati di lacrime. Scossi la testa. «Per una volta, io ho avuto poco a che fare con tutto questo. Morrie e Heathcliff sono venuti da me con l'idea e mi hanno chiesto se pensavo che ti sarebbe piaciuto. Io ho solo dipinto i corvi, perché nessuno di loro due sa disegnare, ma tutto il resto l'hanno fatto loro.»

«E prima che tu faccia delle brutte facce, non è perché ti vogliamo fuori dal negozio,» brontolò Heathcliff. «Non è *del tutto* terribile averti tra i piedi, soprattutto se defechi su Morrie quando fa il rompiscatole.»

«Abbiamo pensato che avresti dovuto avere un posto tutto tuo,» spiegò Morrie. «Un progetto che potesse crescere con te, qualcosa di cui potessero godere tutti gli abitanti del villaggio. E tu ti esprimi attraverso la tua arte, quindi abbiamo pensato che forse potresti aiutare anche gli altri a farlo.»

«Non riesco...» La voce di Quoth si strozzò per l'emozione. «Non riesco a credere che abbiate fatto tutto questo per me.»

«Certo che l'abbiamo fatto, uccellino.» Morrie fece un passo verso di lui. Ci fu una breve pausa in cui nessuno dei due sapeva cosa avrebbe fatto l'altro, ma poi Morrie si fece avanti e prese Quoth tra le braccia. «Siamo fratelli,» sussurrò tra i capelli di seta di Quoth, baciandogli la sommità del capo. «Non pensare mai il contrario.»

«Non avrei mai pensato che questa storia si sarebbe trasformata in *Brokeback Mountain,*» mormorò Heathcliff, ma anche lui fece un passo avanti e strinse i due in uno dei suoi abbracci che spezzavano le ossa. Quoth mi scrutò da in mezzo a loro e, sebbene sembrasse che Heathcliff gli avesse compresso in modo irreversibile la spina dorsale, non credevo di averlo mai visto così felice.

«E penso che dovresti parlare con qualcuno.»

«Ma non c'è nessun terapeuta specializzato in...»

«...Personaggi di fantasia. Giusto.» Sorrisi a Morrie e Heathcliff. «Invece non è vero.»

«La signorina Havisham,» ringhiò Heathcliff.

«La signorina Havisham,» ripeté Morrie con un sorriso. «Dopo che ci ha fatto impazzire con tutte le sue riviste di matrimonio e con il velo che le si impigliava nell'ingresso, l'abbiamo mandata all'università a Londra. Pensavamo tutti che avrebbe studiato, ma il problema dei personaggi di fantasia nel mondo reale è proprio questo: non sai mai cosa fare quando ti trovi in una storia che non è stata scritta per te. Lei si è innamorata della psicologia. Ora ha uno studio fiorente e sarà felice di vederti gratis. È persino disposta a prendere il treno per venire qui, se tu ti trovi in difficoltà a raggiungere la città. Anche se probabilmente fai prima tu ad andare da lei, visto che il corvo vola.»

«Io...» Quoth prese una sedia e vi si accasciò. «Non so cosa...»

«Tu non devi fare nulla, uccellino,» disse Morrie. «Continua a essere te stesso.»

«La Libreria Nevermore non sarebbe la stessa senza di te,» disse Heathcliff in tono burbero.

«E guarda questo,» disse Morrie porgendo un libro a Quoth. «L'abbiamo fatto girare per il villaggio e abbiamo chiesto alla gente di lasciarti dei messaggi.»

Quoth sfogliò le pagine. Le sue lacrime bagnarono le pagine mentre leggeva i bei messaggi. Jo aveva persino disegnato una bellissima immagine di un corvo sulla copertina interna.

«Sei *davvero* amato da tutti.» Lo strinsi tra le braccia con forza. «Non solo da noi, ma da tutto il villaggio. Avrai anche passato la maggior parte della tua vita a voler essere invisibile, ma guarda quante vite hai toccato. Hai commesso un terribile errore con Dracula, ma questo non significa che *tu* sia terribile. Non lo sei dentro, hai capito?»

Quoth si girò verso di me e mi sfiorò le labbra in un bacio dolorosamente tenero. Poi alzò un sopracciglio perfetto. «Ho sentito bene? Ci sono delle camere da letto al piano di sopra?»

«Pensavo che non l'avresti mai chiesto, uccellino.» Morrie prese Quoth in braccio e corse verso le scale. Quoth fece per protestare, ma quando si guardò alle spalle e vide Heathcliff che li seguiva con me in braccio, le sue parole si spensero.

Morrie spalancò la porta in fondo al corridoio e piombò nella camera da letto principale. Non mi piaceva pensare a quello che la mia insegnante, il suo defunto marito e i vari fidanzati avevano fatto lì dentro, ma speravo che quello che stavamo per fare l'avrebbe resa orgogliosa.

Morrie buttò Quoth sul letto e si sdraiò accanto a lui. Quoth guardò il soffitto ed ebbe un sussulto di fronte a qualcosa che pendeva. «Ma... hai messo l'altalena del sesso qui dentro?»

«Certo che sì,» rispose Morrie. «Ho pensato che se l'idea di una casa per artisti non avesse funzionato, avremmo potuto trasformare questo posto in un bordello...»

Heathcliff mi posò a terra e io mi infilai tra di loro, chinandomi a toccare la guancia di Quoth. Lui mi sorrise. «Non so se avere Morrie come padrone di casa sia la cosa migliore per la mia sanità mentale.»

Morrie mi passò davanti e andò a premere le labbra sulla fronte di Quoth. «Basta una sola parola, uccellino,» sussurrò, e la sua lingua uscì per assaggiargli la pelle. «E io sconvolgerò il tuo mondo.»

Quoth rise mentre spingeva via Morrie scherzando. «Ti ringrazio, ma Mina basta e avanza.»

«Allora ti consiglio di farti cavalcare, prima che perda la pazienza.»

Quoth rotolò sulla schiena, portandomi con sé. Mi misi a cavalcioni su di lui, strusciandomi mentre mi baciava dolcemente e teneramente fino a farmi dimenticare che c'erano altre due persone nella stanza.

Finché le dita furbe di Morrie non si intrufolarono tra di noi e si infilarono sotto la mia maglietta degli Octavia's Ruin per stuzzicarmi un capezzolo. Delle mani ruvide afferrarono il tessuto. Heathcliff ringhiò e io gli tolsi le mani dalla maglietta prima che me la strappasse.

«Per quanto sia eccitante farsi strappare letteralmente i vestiti di dosso da te, questa mi piace molto. Strappa i vestiti di Morrie, piuttosto. Lui può permettersi di comperarsene altri.»

«Messaggio arrivato,» ringhiò Heathcliff. Io infilai con cura le braccia nelle maniche e lanciai la maglia dall'altra parte della stanza, più o meno in direzione della sedia. Dietro di me, sentii il rumore di un tessuto pregiato che veniva strappato.

«Fermo!» gridò Morrie. «Quella è *seta...*»

Le sue proteste furono messe a tacere dalle labbra di Heathcliff. *Bene. Questo lo farà tacere per un po'.*

Quoth fece scivolare le mani lungo i miei fianchi e il suo tocco mi provocò una sensazione di tensione e assenza di peso nella pancia. Era una sensazione che avevo capito faceva parte dell'innamoramento: un senso di completa pienezza e allo stesso tempo di fame vorace. Gin, acqua, torta, patatine, piselli... nulla poteva saziare quella fame. Nulla, se non il tocco di tre uomini straordinari.

«Sono occupati,» sussurrò Quoth, con la voce carica di desiderio.

«Si stanno occupando l'uno del cervello dell'altro,» replicai sorridendo, mentre gli tiravo la maglietta nera sopra la testa per scoprirgli il petto e le spalle lisci e snelli, la pelle che sembrava preziosa porcellana, le ossa e i tendini e gli organi in grado di dislocarsi, cambiare forma e renderlo un'altra creatura, ma pur sempre Quoth nel cuore.

Si avvicinò, mi prese il viso tra le mani e mi avvicinò a sé per baciarmi. Un bacio che era più di un bacio: era poesia, erano anime che si scontravano e stelle che esplodevano. Era Quoth, ed ero io, e tutto ciò che eravamo l'uno per l'altra.

Ero così presa dal baciare Quoth che non mi accorsi

nemmeno di essermi tolta i jeans, né di avergli sfilato i suoi, però erano spariti, ed eravamo rimasti nudi e agitati, desiderosi di infilarci l'uno sotto la pelle dell'altro.

Non vedevo esattamente cosa stessero facendo Heathcliff e Morrie, ma li *percepivo* con noi, e non solo nel modo in cui percepivo la mano ruvida di Heathcliff che giocava con il mio capezzolo, o le dita sottili di Morrie che si immergevano tra le mie gambe per stuzzicarmi il clitoride. Avevo la consapevolezza di tutti e tre i miei ragazzi che mi toccavano e mi baciavano. Proprio nello stesso modo in cui la voce di Quoth appariva nella mia testa quando lui era nella sua forma di uccello. Il nostro legame, semplicemente, *esisteva*. Anche ogni volta che Heathcliff scopava Morrie e Morrie scopava Heathcliff, mi scopavano nella loro testa. Ogni bacio, ogni carezza, ogni spinta viaggiava attraverso di loro, fino a me.

A proposito di scopare...

Mi abbassai sul sesso di Quoth, godendo appieno del modo in cui sospirava soddisfatto mentre affondava dentro di me. Era così bello, così giusto, così perfetto, come se fosse stato creato per me. Mossi il bacino per accoglierlo un po' più in profondità, per fargli toccare ogni luogo, oscuro e desideroso, dentro di me.

Era incredibile stare con tre uomini diversi, e anche se fossi stata completamente cieca e non avessi potuto toccarli né sentire il loro odore, avrei saputo distinguerli dal modo in cui li sentivo dentro di me. Quando Heathcliff mi penetrava, la forza della sua passione minacciava di spaccarmi in due. Morrie era un caos controllato, una danza tentatrice sul punto di perdere il controllo e lasciare libero spazio a tutte le sue subdole inclinazioni, come a volte succedeva.

E Quoth... Quoth era seta: scuro e sensuale, quasi liquido. Quando ci muovevamo insieme, era impossibile capire dove finisse il suo corpo e dove iniziasse il mio.

Si avvicinò per toccarmi il viso, così tenero, così teso, pieno di svolazzamenti leggeri, mentre io mi abbassavo su di lui.

«Sei così bella, devi essere un sogno nel sogno,» disse, con la voce densa di meraviglia.

«Tu lo sei,» risposi con un sorriso.

«Né gli angeli lassù nel cielo, né i demoni cacciati ormai,» sussurrò Quoth, toccandomi la fronte con la sua «potran separare l'anima mia dall'anima della bella Wilhelmina Wilde.»

«Quasi rima,» commentai sorridendo. «Dovresti fare il poeta.»

In tutta risposta, Quoth si spinse più a fondo, inclinando il bacino all'angolo perfetto in modo da strusciarsi contro il mio clitoride, per portarmi al limite e oltre, oltre e ancora oltre, fino all'oblio. Le sue bellissime parole mi inondarono mentre precipitavo nell'assenza di peso e nella resa.

Più tardi, mentre ero sdraiata tra le loro braccia e il calore del mio orgasmo era un tizzone morente che mi si consumava nel grembo, pensai a quanto fosse stato meraviglioso vivere nella nostra libreria durante quella magica primavera e amare ed essere amata da un antieroe gotico e scontroso, da un maestro del crimine e da un dolce uccello tormentato.

33

Qualche ora dopo uscii dalla camera da letto, con Quoth appollaiato sulla spalla che si lisciava le piume. *Che corvo felice.*

Avevamo lasciato Heathcliff e Morrie a russare nel letto in un adorabile groviglio, per andare in cerca di uno spuntino. Avevamo messo un piccolo frigorifero nell'area del laboratorio e fui entusiasta di scoprire che Morrie lo aveva rifornito con cinque tipi di formaggi diversi, sottaceti, condimenti e una scatola dei famosi cupcake red velvet di Oliver. Presi tutto e riempii un vassoio quando qualcosa attirò l'attenzione di Quoth.

Che cos'è?

Attraversò la stanza in volo e raccolse da terra un quadrato bianco che era vicino alla porta d'ingresso. Me lo depositò in grembo. Era una busta. *Mina, è indirizzata a te. Il postino deve averla consegnata all'indirizzo sbagliato.*

«Mmm, capita. Sai che Deirdre è distratta, a volte. Mi chiedo cosa...» Aprii la busta e posai la lettera sul tavolo perché Quoth me la leggesse. Diede un'occhiata alla prima riga e iniziò a saltellare su e giù per l'eccitazione.

«Cra, cra, cra!»

«Quoth,» esclamai ridendo. «Smettila. Dimmi cosa c'è scritto.»

Mina, sei entrata!

«Sono entrata dove? Oh!» Mi ricordai. «Il ritiro per scrittori della Meddleworth House. Dici sul serio?»

Serio come un poeta gotico senza il minimo senso dell'umorismo. Quoth tirò fuori dalla busta qualcos'altro: una brochure patinata della Meddleworth House, la splendida tenuta nel nord dell'Inghilterra. Sembrava il posto perfetto per scrivere, imparare e sognare.

«Sono entrata.» Fissai le foto patinate di scrittori che parlavano animatamente davanti a un fuoco scoppiettante e osservavano pensierosi i vasti giardini. Presi Quoth tra le braccia e me lo strinsi petto. «Non posso crederci. Mi hanno presa!»

«Craaaaaa,» gorgheggiò.

Mina, sono contento che tu sia emozionata, ma io... non riesco a... respirare.

«Ops, scusa.» Allentai la presa.

«Cos'è tutto questo rumore qui sotto?» ringhiò Heathcliff. Diedi un'occhiata dietro di me e vidi la sagoma di lui e Morrie sulle scale. «Sembra che qualcuno abbia fatto entrare una corriera di clienti.»

«Mi hanno presa!» urlai. Saltai via dalla sedia e mi precipitai tra le sue braccia. «Parteciperò al ritiro degli scrittori!»

«Sapevo che ce l'avresti fatta,» sussurrò Heathcliff con la bocca appoggiata sui miei capelli, mentre mi stringeva in un abbraccio che mi spezzava le ossa.

Morrie stava già picchiettando sul telefono. «Ehi, sembra un posto di lusso. È un boutique hotel e c'è anche un ristorante pluripremiato. E anche un labirinto topiario e una *follia* nel parco. E guarda questa lista di trattamenti per coccolare gli ospiti. Forse dovremmo andarci tutti? Ad *alcuni* di noi un impacco di fango e una manicure farebbero bene.» Sollevò la mano di Heathcliff per ispezionarne le cuticole.

«Io sto benissimo così come sono.» Heathcliff strappò la mano dalla presa di Morrie.

«Hanno una delle più vaste biblioteche private del Paese,» aggiunse Morrie cambiando argomento, senza smettere di scorrere il telefono. «E una camera di meditazione dove puoi stare per ore senza che nessuno ti disturbi.»

«Allora ci vado,» disse Heathcliff.

Quoth volò e si posò sulla spalla di Morrie. Scrutò lo schermo del telefono. *Guarda il laboratorio di scultura e la galleria d'arte. Potrei prendere qualche idea per il nostro centro artistico Nevermore. E nella proprietà c'è anche una colonia di corvi.*

Gli occhi di fuoco di Quoth si ingrandirono al pensiero di frequentare qualcuno della sua specie.

«Ho deciso,» dissi. «Andremo tutti alla Meddleworth House. Due settimane di trattamenti termali, di ispirazione per la scrittura e di socializzazione con corvi.»

«E nessunissimo omicidio,» disse Heathcliff con fermezza.

«E nessunissimo omicidio,» concordai. «Sicuramente la nostra sfortuna non può seguirci in un luogo così pittoresco.»

CONTINUA

Una penna avvelenata farà cadere Mina in un mare di guai mentre partecipa al suo ritiro per scrittori alla Meddleworth House nel prossimo mistero della Libreria Nevermore, **De Libro e Castigo.** *Per fortuna ci sono Quoth, Morrie e Heathcliff che l'aiuteranno a risolvere il caso.*

http://books2read.com/crimeandpublishingitalian

Leggete gratuitamente una scena alternativa dal punto di vista di Quoth e altre scene bonus e storie extra iscrivendovi alla newsletter di Steffanie Holmes.
http://www.steffanieholmes.com/newsletter

DALL'AUTRICE

Bentornati alla Libreria Nevermore. So che è passato un po' di tempo da quando abbiamo varcato la porta d'ingresso per incontrare un gigante brontolone e adorabile, un genio del crimine soave e sfacciato e un corvo bello e gentile. Per non dimenticare l'armadillo impagliato.

Mi sono divertita molto a scrivere questo libro, soprattutto a cercare insulti shakespeariani e a ricordare i giorni in cui facevo teatro a livello amatoriale. Il primo spettacolo in cui ho recitato è stato *Sogno di una notte di Mezza Estate* (ero lo spirito senza nome numero 4) e poi ho interpretato tutti i ruoli, da una delle Streghe nel *Macbeth*, a Falstaff, alla Regina Elisabetta nel *Riccardo III*.

Nel teatro c'è qualcosa di magico, e in particolare nel modo in cui le opere di Shakespeare ci trasportano in un altro tempo e in un altro luogo, ricordandoci al contempo di quanto siamo umani.

Il Nuovo New Globe si ispira al Pop-Up Globe, un progetto lanciato proprio qui in Nuova Zelanda dove una replica del Globe Theatre di Shakespeare, costruita con impalcature, "spuntava" qua e là nelle varie città. Ho avuto la fortuna di assistere a diversi spettacoli in questo luogo unico, che aveva grandi progetti in tutto il mondo, ma poi la pandemia ha fatto calare il sipario sul Pop-Up Globe.

La serie dei Misteri della Libreria Nevermore ha ancora altri due libri, e se vi è piaciuto leggere di Bree e dei suoi fidanzati fantasma, sarete felici di sapere che ha una serie tutta sua. I Misteri del Grimdale Graveyard ospitano regolarmente Mina, Heathcliff, Morrie, Quoth, Jo e il resto della banda. Scoprite il libro 1, *You're So Dead to Me:* http://books2read.com/grimdale1

Una parte del ricavato di ogni libro Nevermore venduto va a sostegno dei cani guida della Blind Low Vision NZ, e nella mia newsletter condivido sempre immagini e video di cani guida.

Volevo fare i miei complimenti alla vincitrice del concorso Jeannette Tiburcio, che ha avuto la possibilità di dare il nome a una delle vittime di questo libro. Ha scelto il nome Zenzile Monroe, ispirato a una sua amica d'infanzia. Il nome Zenzile significa «sei responsabile di ciò che diventi,» un'idea che semplicemente adoro!

Sono felice che questa storia vi sia piaciuta! Mi farebbe piacere se voleste lasciare una recensione su Amazon o Goodreads: aiuterà altri lettori a trovare la loro prossima lettura.

Grazie, grazie! Vi voglio un sacco di bene! Alla prossima volta.

Steffanie

INFORMAZIONI SULL'AUTRICE

Steffanie Holmes è autrice bestseller di *USA Today* e scrive romanzi dark, gotici e peccaminosi. I suoi libri sono caratterizzati da eroine intelligenti e spiritose, società segrete, antiche dimore da brivido e maschi alfa che ottengono *sempre* ciò che vogliono.

Ipovedente dalla nascita, Steffanie ha ricevuto il premio Attitude Award for Artistic Achievement nel 2017. È stata anche finalista del premio Women of Influence 2018.

Steffanie vive in Nuova Zelanda con il marito, la loro collezione di spade medievali e un'orda di gatti irascibili e.

Newsletter di Steffanie Holmes

Iscrivendoti alla newsletter di Steffanie Holmes riceverai una copia gratuita di *Cabinet of Curiosities:* un compendio di racconti e scene bonus scritte da Steffanie Holmes, compresa una scena bonus della Libreria Nevermore.

http://www.steffanieholmes.com/newsletteritalian

Segui Steffanie

www.steffanieholmes.com

steff@steffanieholmes.com